FERRET 1977

Mᵐᵉ LA COMTESSE NATHALIE

LA VILLA GALIETTA

NOUVELLE

PARIS

MICHEL LÉVY FRÈRES, LIBRAIRES-ÉDITEURS

2 BIS, RUE VIVIENNE

1856

LA

VILLA GALIETTA

PARIS.—TYP. DONDEY-DUPRÉ, RUE SAINT-LOUIS, 46.

Mᵐᵉ LA COMTESSE NATHALIE

LA VILLA

GALIETTA

NOUVELLE

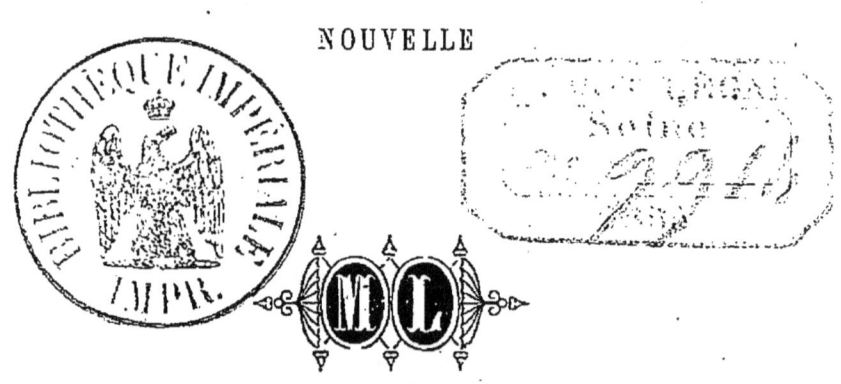

PARIS

MICHEL LÉVY FRÈRES, LIBRAIRES-ÉDITEURS

2 BIS, RUE VIVIENNE

1856
1855

A

MONSIEUR ARMAND BARTHET

MONSIEUR,

J'ai passé trois mois à écrire cette nouvelle : trois mois
de perdus, diront quelques-uns; non, trois mois d'arrachés
à l'ennui, cette maladie cruelle dont on souffre tant, qu'on
en meurt quelquefois. Que ce soit d'une composition faible,
et d'un style plus faible encore, je ne m'en défends pas.
C'est un essai, pas autre chose, et l'essai *d'une étrangère.* Soyez
donc indulgent pour ma prose, et loin de croire à aucune prétention dans l'idée de l'avoir écrite, n'y voyez que l'emploi
de mes loisirs de quelques semaines, et un souvenir que
j'envoie à mes amis du fond de ma solitude.

Comtesse NATHALIE.

Dresde, juillet 185..

1

LA VILLA

GALIETTA

I

De toutes les jolies villas que la beauté du site
ou le caprice des possesseurs ont éparpillées sur les
bords de ces lacs aimables, moitié italiens, moitié
suisses, qui emplissent les dernières gorges des Alpes et qui se groupent si singulièrement, de l'ouest
à l'est, depuis le lac d'Orta jusqu'à celui de Lecco,
une des plus riantes était la villa Galietta, à Côme.
Plantée sur le bord du lac comme un nid d'oiseaux de rivage, elle mirait dans l'eau les marbres
blancs de ses terrasses et les vieux arbres qui ver-
saient la fraîcheur et l'ombre à son vaste jardin.
Chose bizarre ! quand toutes les villas de Côme

et des environs étaient depuis longtemps habitées,
quand les moindres hôtels regorgeaient de monde,
quand les touristes aux abois ne savaient où se
nicher, car on était en pleine saison, la villa Galietta restait silencieuse, ses fenêtres demeuraient
closes, et dans le magnifique jardin où s'épanouissaient, au-dessus des parterres et des boulingrins,
les feuillages découpés des sycomores et des acacias, l'œil avait beau, à travers les grilles, sonder
les profondeurs des massifs, on n'y voyait jamais
qu'un vieux jardinier sarclant ses plates-bandes ou
ratissant ses allées. Vingt fois cependant, quelque
famille anglaise, allemande, ou russe, convoitant
cette habitation princière, avait essayé des démar-
ches pour louer la jolie villa : — Trop tard! répondait le vieux jardinier; le grand et le petit appartement sont loués tous les deux, tous les deux
payés d'avance, et si les locataires ne viennent pas,
c'est leur affaire.

Cependant juin finissait; la flore de la Lombar-
die, s'épanouissant du sommet des monts au creux
des vallées, embaumait les frais matins et les tièdes
soirées; chaque plante avait revêtu sa livrée la plus

riche, le soleil et les oiseaux fêtaient à qui mieux mieux les magnificences de l'été ; c'était un hymne universel, et l'on se laissait aller, dans ce milieu sensuel et étincelant, à ce charme amollissant du climat qui semble éteindre en nous toutes les facultés actives, pour ne nous laisser que la force de subir et de contempler.

Le même jour devait réveiller deux fois la villa Galietta de ce sommeil inusité. Le matin, ses portes s'ouvraient devant un élégant phaéton mené par un jeune homme, M. Paul de Blankenheim, dont le groom, conduisant deux chevaux de selle, était arrivé quelques minutes avant le phaéton. Le soir, elles livraient passage à une berline toute poudreuse, de laquelle descendait une jeune femme incontestablement belle malgré le négligé de son costume de voyage : elle défripa sa jupe d'un geste coquet, fit deux ou trois questions au jardinier qui s'était mis sur son passage, et gravit lentement l'escalier de la terrasse en regardant autour d'elle avec satisfaction.

Arrivés le même jour, le jeune homme le premier, la dame ensuite, avec un ordre et une pré-

cision qui feraient songer à un rendez-vous, les
deux colocataires de la villa Galietta ne se con-
naissaient pourtant pas : l'un, M. Paul de Blankenheim, capitaine au service de Sa Majesté Au-
trichienne, venait se distraire à Côme des ennuis
de la garnison de Milan ; l'autre, madame de
Lansac, fatiguée des fêtes d'un hiver brillant passé
à Paris, venait en Italie chercher le repos dont elle
avait besoin et rejoindre une coterie qui l'y attendait. En les réunissant sous le toit de la même
villa, le hasard seul avait tout fait.

II

Les jolies femmes sont partout les mêmes. C'est
le monde qui les repose du monde, les succès du
jour qui les reposent des succès de la veille. La
comtesse de Lansac, obéissant à cette loi de nature,
débuta par des invitations. A peine si quelques
jours s'étaient passés depuis son arrivée, que la
villa Galietta, pavoisée de toutes pièces, semblait
vouloir racheter, à force de bruit et d'éclat, la
longue léthargie dans laquelle elle avait commencé
la saison.

Des verres de couleur, groupés en faisceaux ou
alignés en files radieuses, éclataient de toutes parts
dans la nuit du jardin ; des ballons verts et blancs

étalaient leurs globes doucement lumineux dans
des buissons de myrtes et de cédrats; sur chaque
marche de l'escalier, des corbeilles odorantes et
diaprées étageaient alternativement des touffes de
verveines et de roses. Dans le salon, dont les parois
revêtues de stuc avaient la blancheur et l'éclat du
marbre, des hottes en jonc doré et des girandoles
de cristal se succédaient tout à l'entour, comme une
frise lumineuse et fleurie, servant de vases à des
gerbes de camélias, ou accrochant, pour les multi-
plier à l'infini, les rayons pailletés que répandaient
les bougies d'un éclairage *a giorno*. L'orchestre, in-
stallé sur la terrasse, s'entendait également bien du
jardin et du salon, dont les hautes portes-croisées,
largement ouvertes, laissaient pénétrer à la fois les
mesures enivrantes d'une valse hongroise et la fraîcheur embaumée du soir.

Le bal était dans toute son animation : le salon
était envahi, l'orchestre faisait merveilles; le petit
peuple, comme partout en Italie, très-curieux de
musique et d'illuminations, se pressait aux abords
de la villa, applaudissait bruyamment, et quand
l'occasion s'en présentait, joignait le chœur for-

midable de ses mille voix au fracas déjà retentis=
sant des hautbois et des cuivres.

La comtesse, fatiguée de présentations, était
descendue au jardin, seule, pour respirer à son aise
et avoir une pensée à elle. A sa gauche, la ville
de Côme étalait sa silhouette piquetée de feux à l'endroit des fenêtres, masse noire où il était aisé de re-
connaître, à la profusion des lumières, la place du
café d'Italie; sur sa tête, un ciel profond et clair,
qui, lui aussi, comme pour rivaliser avec la villa
en fête, avait arboré ses étoiles les plus éclatantes;
à ses pieds, le lac sombre, argenté de ci de là
par les caresses d'une étoile, et sillonné par des
barques joyeuses d'où s'échappaient des refrains po-
pulaires, accompagnement lointain de l'orchestre de
la villa, et dont les rameurs se hâtaient, stimulés
par le bruit des chaînes dont on allait fermer le port.

La comtesse, appuyée au dossier d'un banc rustique, regardait ce spectacle encore nouveau pour
elle. C'était, comme nous l'avons dit, une femme
incontestablement belle : les cheveux chargés de
perles, les épaules nues comme les bras, vêtue de
blanc, seule ainsi sur les bords du lac, on l'eût prise

1.

pour quelque fée des Alpes attirée et fixée par la
beauté du site. Quelle pensée intéressante lui faisait oublier le monde? Quel charme assez puis-
sant la rendait insensible aux caresses d'une
brise à chaque instant plus fraîche? Depuis une
heure qu'elle était là, la comtesse n'avait pas
bougé.

Rappelée au monde par l'explosion formidable
d'un *finale* de l'orchestre, elle s'arracha enfin
à sa rêverie, et revint lentement au salon par
le chemin de la terrasse. Comme elle disparaissait,
M. de Blankenheim, notre capitaine, ramenait
doucement sa tête à une fenêtre de l'étage supérieur de la villa. Tout le temps que la comtesse
avait passé au jardin, il était resté là, accoudé au
balcon, regardant curieusement ce profil correct et
fin, qui se détachait en blancheur sur les sombres
massifs du jardin, et caressant de l'œil ces belles
formes féminines, harmonieuses et souples. Mais
la lune, qui venait de se lever, éclairait en plein la
fenêtre, et quand madame de Lansac se retourna,
craignant d'être surpris dans cette contemplation
indiscrète, il se retira vivement, attendant pour

reparaître que la comtesse eut traversé la pelouse et fut rentrée au salon.

— Ah! comtesse, ma chère mignonne, lui dit la marquise Farghési, qu'elle rencontra sur le seuil, quelle fête charmante vous nous donnez là!... Regardez-le donc? ajouta-t-elle avec orgueil, en lui montrant un beau jeune homme, sir Murray, attaché d'ambassade à Naples.

La comtesse rougit. Elle avait vaguement entendu parler des relations de la marquise avec sir Murray; mais elle était loin de s'attendre à être prise ainsi pour confidente d'une liaison que rien n'obligeait de divulguer.

La marquise prit le bras de madame de Lansac et lui dit en riant :

— Vous voilà tout étonnée, pas vrai? Je reconnais bien là les Françaises! tout grâce, mais tout prudence. Et vous croyez aimer? Non, non, non, ma chère, vous n'aimez pas.

Et la marquise se sauva sans attendre de réponse; pourquoi faire? n'ayant ouvert la bouche que pour parler de lui, et courant maintenant du côté où il était.

La comtesse était troublée. Au sortir de cette
longue rêverie sur les bords du lac, le cœur et la
tête encore pleins des murmures charmants et
amoureux de la nuit, ce mot de la marquise lui
arriva comme un problème : « Vous autres Françaises, vous ne savez pas aimer. » Elle n'eût osé ni
affirmer ni contredire. — Mais c'est un étranger,
se disait-elle, et la marquise est mariée. Outrager
à ce point les convenances, tenir si peu compte
de sa dignité propre, de l'estime des siens...
C'est égal, elle paraît heureuse. Lequel a tort,
d'elle ou du monde?...

Sir Murray cependant avait l'air plus gêné que
charmé de cette passion exclusive. Madame de
Lansac fit à son bras deux tours de salon. La marquise les suivait des yeux.

— Jalouse? demanda madame de Lansac.

— Ah! madame, quel enfer! répondit sir
Murray.

Ce mot, explosion pour ainsi dire d'une souffrance longtemps contenue, fit naître d'amères
réflexions dans le cœur de la comtesse. — Pauvre marquise! pensait-elle, avoir mis toute sa

vie sur une affection, la perdre, et s'abuser encore! Belle, jeune, ardente, absolue, tout ceci
finira sans doute par une catastrophe... Mais ce
n'est pas le pire... Avant d'en arriver là, par
quelles humiliations elle doit passer, par quelles
pitiés, par quels abaissements!

III

Adeline, comtesse de Lansac, mariée jeune, était restée veuve de très-bonne heure. Après avoir passé son deuil dans la solitude, elle rentra, à vingt-cinq ans, dans le monde parisien, très-riche et plus belle que jamais, c'est-à-dire avec les meilleurs gages d'un succès certain. Aussi fut-ce autour d'elle un magnifique empressement. Les uns, ravis d'asseoir leurs espérances de fortune sur une fortune déjà faite, mettaient aux pieds de la comtesse le bonheur légitime de leur appartenir dans toutes les règles; les autres, enchantés de sa grâce, de sa figure, de son esprit, lui vantaient les charmes de l'indépendance, et en même temps les ivresses d'un amour que la passion sait nouer et que la volonté peut rompre.

On imagine à peine ce qui passe, dans le monde, de propositions malhonnêtes, sous le voile plus ou moins transparent et brillant des mièvreries sentimentales et des paradoxes hardis. Mais, cette fois, discours et soupirs perdus. Adeline, sérieuse et calme, méprisait le calcul des uns et s'offensait de la légèreté des autres, de sorte qu'au bout d'un temps, à force de s'être démontrée insensible, tout en restant la reine des réunions où elle paraissait, la comtesse de Lansac n'avait plus à s'indigner ni à s'offenser de rien. Des hommages, plus d'aveux. Pour s'y être brûlé les ailes, messieurs les papillons se tenaient à l'écart, de peur de s'y compromettre à nouveau. Plus encore pour se glorifier que pour constater leur défaite, ces messieurs avaient fait du refus qui les avait accueillis une cuirasse impénétrable à la belle comtesse. C'était chose admise et reconnue que son insensibilité, et l'impossibilité de triompher d'elle était passée à l'état d'axiome.

La comtesse Adeline semblait se trouver à merveille de ce *statu quo* pacifique qui faisait le calme

autour d'elle. Elle-même, à force de l'entendre ré-
péter et de se voir adorée à distance, avait fini par
croire en sa propre insensibilité, et sans y réfléchir davantage, elle s'était comme retranchée
du nombre de celles qui peuvent viser encore à la
passion militante, pour se porter tout entière dans
les délices un peu vagues et mystérieuses d'un isolement de parti pris. De là, chez la comtesse, un
amour forcené des choses de la nature, un goût
décidé pour les paysages et les excursions, et cette
seconde vue, particulière aux poëtes, qui donne
l'intelligence du langage des flots, des vents et des
étoiles, cette poésie des choses extérieures qui a
fait la fortune de l'amour platonique, et qui tenait
la comtesse debout, tête nue, pendant une heure
entière, sur le bord du lac, tandis que Paul de
Blankenheim, accoudé à l'appui de sa fenêtre, tout
en se demandant qui était cette femme, en analysait savamment les séductions et les charmes.

Paul de Blankenheim, capitaine d'état-major attaché comme aide de camp au feld-maréchal G***
qui commandait à Milan, était ce qu'on appelle un
joli homme, non pas dans la signification étroite

du mot, qui peut s'appliquer à un coiffeur, mais
dans le sens plus large qui fait du mot *joli*
l'expression qui veut dire sympathique et harmonieux. Il était élégant, bien fait, montait parfaitement à cheval, et excellait en général dans tous
les exercices de force et d'adresse.

Confié, après la mort de son père, à un tuteur
insouciant, le côté solide de l'éducation avait été
négligé chez lui. Vainement il essaya, à vingt ans,
de se remettre à l'étude : il en comprenait le besoin ; mais trop de distractions lui étaient offertes,
et il n'était malheureusement pas dans l'âge où on
leur résiste. Maître, d'ailleurs, d'une grande fortune, il y avait trouvé, pour et contre lui, un levier
tout-puissant et un entraînement invincible. Bon
vivant, beau joueur, sabreur intrépide, se mettant
volontiers en avant, et sachant s'y maintenir à
force d'entrain, il avait empli Vienne du bruit de
ses aventures et épuisé, à vingt-six ans, la liste
des folies à faire. Le monde le traitait de casse-
cou, et ne croyait pas en son avenir. Cependant,
à l'observer de plus près, on eût compris bien
vite que cette exubérance était moins naturelle

qu'affectée. Cet homme, dévoré par une vanité
sans limites, et ne trouvant pas dans sa famille,
dont l'illustration était récente et même contestée,
une assiette suffisante pour la position à laquelle il
prétendait, s'était avisé de vouloir faire parler de
lui à tout prix, et croyant peut-être par là racheter
ce qui lui manquait de blason et de race, il avait
voulu, pour occuper l'attention, se faire une popu-
larité. Il y était arrivé, et il tenait beaucoup de
place dans les causeries d'un certain monde. Le
chapitre de ses extravagances était de ceux auxquels on était heureux d'avoir à ajouter une page.
Chacun le blâmait, mais chacun en parlait. Blankenheim était aux anges. Quelques bonnes fortunes à grand orchestre avaient achevé de le po-
ser, mais mal : il avait eu le mauvais goût ou la
mauvaise chance de choisir ou de réussir un peu
bas ; de sorte qu'il avait prêté à rire par une aventure dans laquelle il s'était trouvé en rivalité avec
un musicien du théâtre auquel appartenait sa nouvelle maîtresse.

Cette mystification, qui fit d'autant plus de chemin que le jeune capitaine était plus à la mode,

l'entraîna dans mille extravagances pour essayer
de s'en relever. Non pas qu'il se laissât volontiers
entraîner ou séduire! A peu de chose près, Paul de
Blankenheim manquait d'âme. Égoïste et sec, il
restait maître de lui dans ses crises les plus désor-
données, calculant de sang-froid les chances et la
valeur du sentiment qui semblait l'absorber, et ne
déployant un luxe de passion si exagéré que pour
mieux dissimuler la tranquillité parfaite avec laquelle il analysait chaque chose et chaque mot.
Mais il idolâtrait les femmes, ou plutôt se plaisait
à s'en croire adoré. Son héros était don Juan,
mais un don Juan à sa taille, estimant surtout
le grand nombre, et substituant la vanité et la
mise en scène au sentiment et à la sincérité. On
parlait beaucoup de ses bals et de ses soupers; mais
les hommes seuls s'y pouvaient risquer : outre que
M. de Blankenheim était garçon, le personnel fé-
minin de la danse et du chant en faisait presque
exclusivement les honneurs et l'attrait. De tout
cela, avec beaucoup de bruit, il était résulté des
scandales; de sorte qu'un matin, pour couper court
à des folies qui faisaient trop d'éclat, le beau capi-

taine avait trouvé, en rentrant chez lui, l'ordre
d'aller servir à l'armée d'Italie.

Cette façon d'exil le peina extrêmement. En vain
ses camarades de la garnison de Milan lui firent-ils,
sur sa réputation, un accueil triomphal. Il savoura
avec délices une manifestation qui constatait sa supériorité, mais les fumées de cette ivresse passagère
une fois dissipées, il regrettait Vienne, et supportait
impatiemment, après avoir brillé si haut, cette vie
obscure, qui n'offrait plus, comme maximum à ses
ambitions, que le rôle éteint d'enfant gâté d'une
ville de province. Aussi ne ramassait-il que d'une
main dédaigneuse des occasions qui lui semblaient
indignes de lui. Un an d'exil, au lieu de les calmer, n'avait fait qu'irriter ses regrets, et voilà comment nous le retrouvons, promenant sa misanthro-
pie sur les bords du lac de Côme.

Il était, comme nous l'avons dit, arrivé à la villa
Galietta le même jour que la comtesse de Lansac.
Mais il n'avait fait que toucher barre. Forcé de repartir immédiatement pour accompagner son général dans une tournée d'inspection, à son retour il
avait été surpris de trouver la villa habitée, surpris

de la trouver en fête ; son imagination se monta
subitement pour cette femme entrevue aux rayons
de la lune, et il resta longtemps à la fenêtre, pensant
à elle et la regardant encore, quand depuis longtemps elle n'était plus là.

IV

A peu de distance de Côme, du côté du lac de Lugano, est une contrée délicieuse appelée *la Trémezzina*, qui devient, pendant la saison, le but des excursions de tous les promeneurs. Par un privilége bien rare, la végétation luxuriante du midi et les sites pittoresques du nord, se sont donné rendez-vous dans ce coin de paradis, et y font bon ménage, au grand bénéfice des touristes enchantés de ce mariage inattendu. Rien de singulier et de charmant comme ces bouquets de citronniers, de cédrats et de lauriers-roses jetés sur des pentes dont le sommet se couronne de sapins, abritant de vrais chalets suisses, et vous enivrant de senteurs

exotiques sur les confins des Alpes, dont on peut
voir à peu de distance les pitons neigeux.

Comme pour ajouter au pittoresque, et faire de
la Trémezzina une oasis véritable, la fertilité du sol
et la douceur de la température n'ôtent rien aux
convulsions de ce paysage tout alpestre, et les tor-
rents qui descendent des montagnes s'y creusent
des lits profonds comme des abîmes, que l'on ne
côtoierait pas impunément sans précaution par les
sentiers de chèvres qui en dessinent les sinuosités, et
qu'il est encore plus dangereux de traverser sur les
planches mal assujetties qui relient le ravin d'une
lèvre à l'autre par des ponts improvisés. Mais tant
de fleurs en touffes charmantes s'épanouissent aux
marges du sentier, de si beaux arbres en pleine
séve croisent au-dessus leurs branches entrelacées,
que le danger s'oublie bien vite, et qu'il n'est pas
de petite-maîtresse si peureuse qui ne recommence
vingt fois une promenade si fertile en sensations
délicieuses.

La comtesse de Lansac, montée sur une jument
alezane qu'elle affectionnait, venait de s'engager
dans un de ces sentiers malaisés, quand, à un coude,

elle se trouva en face d'un cavalier qui gouvernait attentivement, lui aussi, les mouvements de sa monture dans ce passage difficile. Paul de Blankenheim, car c'était lui, soit qu'il voulût faire place à la dame, soit qu'il eût été troublé par cette rencontre imprévue, serra la botte à son cheval, et voulut lui faire franchir un de ces ponts dangereux dont nous parlions tout à l'heure ; mais une planche mal assujettie se releva sous les pieds de l'animal, qui, tout effrayé, se rejeta en arrière, faisant jaillir des étincelles de ses fers brûlants, et essayant de se dérober à l'action de son maître. Exaspéré de cette résistance, et ne calculant pas les dangers de son entêtement, le cavalier voulait être obéi ; le cheval se cabrait ; l'abîme était à deux pas. Une catastrophe était imminente. La comtesse eut peur.

— Monsieur, lui dit-elle, je vous en prie, c'est trop dangereux.

— Trop dangereux, madame ! répondit le capitaine en souriant, vous ne parlez pas sérieusement.

C'était fait de lui. Un miracle seul pouvait le

2

sauver. Il avait un public, c'était une dame, on
raconterait sa témérité... Blankenheim leva sa cra-
vache...— Une pensée traversa l'esprit de la comtesse Adeline.

— Monsieur, lui dit-elle, si ma demande vous
semble admissible, je vous serais obligée de m'aider
à franchir cette hauteur, que je ne savais pas si
difficile; mon cheval a déjà bronché plusieurs fois,
et je ne me sens pas très-rassurée.

—Je suis heureux, madame, de me mettre à vos
ordres, répondit le jeune homme avec courtoisie.
Aussitôt il calma son cheval, prit la bride des mains
de la comtesse, et malgré les cailloux roulants qui
rendaient effectivement le chemin peu praticable,
ils atteignirent bientôt sans accident le plateau
voisin. Sur ce plateau, d'où la vue était magnifique,
s'étendait une villa très-fréquentée par les touristes, à cause précisément de son panorama enchanteur.

Ils entrèrent dans une cour spacieuse, bordée
d'acacias et de magnolias dont les fleurs en tulipe
avaient effeuillé sur le sol leurs pétales laiteux.
Confiant leurs montures aux soins du concierge de

la villa, la comtesse et le capitaine s'avancèrent
sur la terrasse.

D'un côté, le lac de Côme, dans toute la splen-
deur de son étendue ; sur ses rives, pressées
comme les perles d'un collier, de coquettes mai-
sons abritées par des massifs de verdure, et dont
on voit à peine les toits rouges et les balcons sail-
lants, à la mode suisse, cachés qu'ils sont sous le
chèvrefeuille et le jasmin ; là-bas, par Bellaggio,
sur l'autre rive du lac, une flèche d'église déchire
les nuages, et l'on entend d'ici, comme un murmure, la voix pieuse de ses cloches ; de l'autre
côté, le mont Rosa, dont les cimes neigeuses rou-
gissent sous les baisers du soleil.

Quand le regard tombe de si haut, il semble,
bien qu'on soit en plein jour, qu'un brouillard
enveloppe les vallées, tant l'atmosphère est plus
transparente sur ces hauteurs immaculées. Mais
si la vallée n'avait pas l'éclat, elle avait la voix :
un bruit de clochettes racontait les pérégrinations
du troupeau, une chanson de pâtre se rhythmait à
cette cadence rustique, et la voix lointaine du clo-
cher servait de basse à ce cantilène qui s'éparpil-

lait en modulations affaiblies. Tout cela éveillait et associait dans l'âme je ne sais quelles har-
monies et quels contrastes, méditations lyriques
et champêtres églogues, de ces pensées où tout
se confond et tout s'exalte, et dans lesquelles on
se perd, à moitié transfiguré. C'est une révélation.
Embrassant dans le domaine du monde moral une
étendue comparativement aussi grande que dans le
domaine du monde physique, on atteint à une éléva-
tion et à une délicatesse de conceptions devant lesquelles les souvenirs et les pressentiments ne faisant
pour ainsi dire plus qu'un, on en arrive par intui-
tion au vrai sens du mot *Trinité*, fusion divine du
passé, du futur et du présent, par les trois modes
du souvenir, de l'aspiration et de la jouissance.

Appuyée contre un laurier-rose aux branches
noueuses et trapues, la comtesse Adeline se laissait entraîner au courant de ces idées inspirées
par un paysage enchanteur; puis son regard se
voila; à la contemplation avait succédé la rêverie :
ses bras croisés se dénouèrent lentement, et sa
physionomie mobile, où l'enthousiasme éclatait
tout à l'heure, revêtit sous l'influence d'une pensée

profonde la gravité et presque la rigidité du marbre. Bientôt cette écorce glacée s'amollit ; le marbre se fit chair : — quelle pensée traversa son
cœur ? quel souvenir s'éveilla dans son âme ? —
mais une larme glissa sur sa joue, et son tiède contact la tira de son rêve.

Surprise, presque honteuse, elle se souvint
qu'elle n'était pas seule. Un regard jeté autour d'elle
lui montra M. de Blankenheim très-occupé, en
apparence, à perfectionner avec son couteau la tête
de dogue que représentait la poignée de sa cra-
vache. La comtesse, rassurée, s'essuya rapidement
les yeux, ôta son chapeau et ses gants, et se dres-
sant coquettement sur la pointe du pied, essaya
de se faire un bouquet aux dépens du laurier-rose
qui tout à l'heure lui prêtait son appui et lui donnait son ombre. Mais les branches railleuses, s'éle-
vant et s'abaissant au souffle du vent, avaient l'air
de la narguer, et c'est alors seulement que le capitaine s'approcha d'elle, lui offrant de l'aider dans
la razzia dont elle menaçait le malheureux laurier.
Elle y consentit en riant, la conversation s'engagea,
et la connaissance fut bientôt faite.

La comtesse de Lansac était aimable sans afféterie, et ses triomphes de salons n'avaient rien enlevé, par exception, à sa franchise et à son expansion. Indulgente pour les défauts de ceux qu'elle aimait, elle ne tolérait pas la médisance; gardant pour elle les déceptions et les peines de la vie, elle apportait dans le monde un esprit toujours enjoué et toujours bienveillant.

Quelquefois cependant, Adeline, en proie à des sollicitations mystérieuses et inexpliquées, devenait triste et fuyait les fêtes. Étaient-ce les aspirations méconnues et froissées d'un cœur encore trop jeune pour renoncer absolument à l'amour? Quoi qu'il en soit, sa volonté arrivait bien vite à dominer ces faiblesses, et il suffisait d'un rayon de soleil ou d'un accord de piano pour réveiller en elle ses aspirations généreuses; elle se reprenait au bonheur de vivre, et pour rattraper ce qu'elle avait perdu d'heures lentes et douloureuses, elle redevenait d'autant plus séduisante, entraînante et belle. Malgré soi, dans ces occasions suprêmes, on subissait le rayonnement de cette nature expansive, on restait sous le charme et on ressentait l'influence

pénétrante de cet esprit si fin et de ce cœur si bon.
Sincèrement poétique et enthousiaste, elle entraî-
nait les convictions après elle, et beaucoup se sont
rencontrés qui, par elle et pour elle, ont fait dans
le bleu des voyages qu'ils n'ont jamais compris.
« Ce sont mes jours de joie, disait-elle. J'ai des ailes
aux pieds et aux mains. » Et pour fêter ces espèces
de résurrections, elle improvisait des fêtes dignes
des *Mille et une nuits*. C'étaient ses retours de gaieté
qui les lui inspiraient, et jamais plus élégantes ni
plus heureuses inspirations. La réputation des fêtes
de la comtesse de Lansac a fait le tour du monde,
et jamais savant architecte ni machiniste ingénieux
n'auraient su trouver les inventions gracieuses qui
éclosaient spontanément dans la tête de cette
femme si simple.

En causant avec M. de Blankenheim, elle eut de
l'esprit sans chercher à en avoir, et plus d'une fois
il sourit à ses saillies involontaires. Le bouquet
terminé, on songea au retour, et l'on se mit en
route. Quel fut l'étonnement d'Adeline, quand elle
apprit de M. de Blankenheim qu'il était son colocataire de la villa Galietta! Cette pensée la trou-

bla. Tant d'inconvénients résultent du voisinage
d'un homme que l'on connaît : c'est une gêne
fatigante et constante, c'est le confident forcé ou
l'espion de votre vie intime. — Si fugitive que
fût cette désagréable impression, Paul la devina
sans doute, car il ajouta presque aussitôt que les
devoirs de son service l'appelaient souvent à Vérone, et qu'il ne pourrait faire à Côme que des sé-
jours très-courts et très-espacés. Cette phrase, dite
naturellement, rassura la comtesse, et sachant gré
au capitaine de l'inquiétude dont il venait de la
débarrasser, elle lui répondit, presque avec recon-
naissance :

— Je donne après-demain une petite fête à la
villa ; c'est presque autant chez vous que chez
moi ; il est trop naturel que je vous y invite pour
que vous puissiez me refuser. Notre rencontre a
été fortuite, c'est vrai ; la présentation n'a pas eu
lieu dans toutes les règles ; mais vous viendrez
demain me faire votre visite de bon voisinage, je
vous inviterai officiellement pour après-demain...

— Et nous serons de vieux amis, dit le capitaine.

— Vous allez trop vite, répondit la comtesse en rougissant un peu. Mais nous voilà arrivés. A demain, monsieur de Blankenheim ; en attendant, je vous remercie.

V

« Côme, le 14 juillet 185...

» Mon cher Maurice, depuis le temps que je te dois une réponse, tu dois accuser bien amèrement ma paresse, et tu as tort. Pourquoi te condamner à de la prose épistolaire, quand je n'avais rien à te dire? Parlez-moi de l'Italie, quand on la parcourt en touriste, s'arrêtant ou traversant, selon le temps qu'il fait, l'aspect du paysage, ou la couleur des yeux des contadines. Mais l'Italie à poste fixe? Vérone? Côme? Milan? la garnison lombardo-vénitienne? Horreur! C'est à mourir, mon très-cher, à mourir d'ennui et de spleen. A Milan, par exemple (et je te parle de la

capitale!) l'opéra était pire que mauvais, le ballet
désorganisé; ni bals masqués, ni fêtes d'aucun
genre. Nous avons essayé, en désespoir de cause,
d'arranger quelques réunions improvisées. Fiasco
complet! Voyant cela, j'ai remué ciel et terre pour
obtenir un congé. Retourner à Vienne, grand Dieu!
ou, si le souvenir de mes escapades était encore
trop récent, pouvoir aller passer à Paris quelques
mois d'hiver? Mais rien; néant à ma requête, —
et j'ai été obligé, comme un simple officier de
fortune, de monter mes chevaux le matin au
cirque, pour me distraire, et pour me distraire
aussi, de faire ma cour aux écuyères que tu connais pour les avoir vues à Vienne il y a deux
ans.

» Je suis attaché ici, comme officier d'ordon-
nance, au plus intraitable général de toute l'armée
allemande, un dur-à-cuire, comme on dit dans
les corps de garde, infatigable, mécontent, toujours sur pied, l'œil toujours ouvert. Nous ne
sommes pas fous l'un de l'autre; je le trouve bru-
tal, il doit me trouver blanc-bec : je demande des
permissions autant que possible, et je crois que,

s'il me les accorde, c'est pour se débarrasser de moi.

» Un pays charmant que Côme, où j'ai planté mes quartiers d'été, mais une chaleur accablante et une société inconnue. Pour tuer le temps, je passe mes loisirs de la matinée à apprendre l'italien. Ça ne va guère. A force de solécismes et de méprises, je réussis encore à me faire à peu près comprendre ; mais s'il faut écrire, du diable ! je fais et refais vingt fois les quelques lignes auxquelles j'ai réduit ma lettre, et à la fin de tout ce travail, je prends le parti de porter ma réponse moi-même et de vive voix, pour ne pas prêter à rire avec *mon* italien.

» Si du moins, dans ce pays perdu, nous étions quelques-uns, il y aurait encore moyen de vivre. Il y a des femmes ravissantes et des occasions superbes. Ainsi, aux courses du printemps, ma jument noire m'a ébauché une conquête en battant le cheval de Thoss, qui était le favori et pour lequel on pariait deux contre un. Il faut te dire que ma jument noire a été élevée chez un M. Ohlan, gentilhomme campagnard qui s'occupe surtout de che-

vaux, de chiens et de chasse, et qui pense beaucoup moins à sa femme qu'elle ne le mérite, car
elle est fort bien. Ma victoire l'a mis aux anges. De
là, satisfaction réciproque, compliments, invitations, etc. C'est chez lui que j'irai passer la saison
des chasses. La femme est coquette comme une
chatte, et agaçante comme le péché ; des lèvres
qui ne demandent qu'à sourire pour montrer de
belles dents ; des yeux qui ne demandent qu'à se
baisser pour ne rien voir, et ne rien refuser, peut-
être. J'essayerai.

» J'oubliais : j'habite à Côme une délicieuse villa,
ou plutôt une fraction de villa que je partage avec
une jeune dame, fort belle, ma foi ! et qui me
semble des plus originales : des mains royales,
un sourire intelligent, une nature moitié nerveuse et moitié nonchalante, qui me fait un peu
frémir en passant à la suite. Mais je ne compte
pas m'en occuper autrement. Ces dames du grand
monde sont intolérables avec leurs grands airs
et les adorations perpétuelles auxquelles elles vous
condamnent, de par leurs charmes immaculés
et de par votre amour prétendu. La comtesse de

Lansac, ma colocataire, n'est ici que pour trois mois. Elle retournera à Paris dès les premiers froids. Heureuse femme! Va au ministère, mon cher Maurice, et informe-toi si mon exil doit encore durer longtemps. Beau ciel de l'Italie, comme je t'ai en grippe! Ah! *caro mio*, parle-moi de nos parties de Schœnbrünn, d'où nous revenions la tête fumeuse et le cœur sur la main, sans savoir ce que nous disions ni ce que nous avions fait.

» PAUL DE BLANKENHEIM. »

VI.

Ces fêtes italiennes sont charmantes avec leurs
fenêtres ouvertes, les jardins changés en salons, et
cette fraîcheur parfumée de l'atmosphère qui laisse
à la tête et aux poumons toute leur rectitude et toute
leur liberté.

Comme la première fois, des verres de couleur
s'effilaient en guirlandes, se perdaient en globes
isolés ou se groupaient en lustres à travers les arbres et les buissons du jardin. Des fleurs partout.
Sur la terrasse, en pleine lumière, les uniformes
rouges de l'orchestre hongrois; dans les salons,
s'empressant autour des invités pour leur offrir
des sorbets, de jolies servantes italiennes, en cos-

tume comasque, corset lacé, jupes éclatantes et le chignon entouré d'un soleil d'épingles d'argent.

On était au plus beau moment. Le bal, dans toute son animation, emplissait jusqu'au péristyle. A une contredanse de Musard, qui avait fait merveilles, venait de succéder une polka due à un prince mélomane, et les bravos de l'assistance accueillaient les dernières notes de ce rhythme sautillant, de l'exécution duquel l'orchestre hongrois, se piquant d'honneur, s'était acquitté à miracle.

Nombre de femmes à citer, parmi lesquelles la marquise Farghési, toujours éprise de son Anglais, et la duchesse Berghoën, très-aimable et fort à la mode. On remarquait surtout deux étrangères, les deux sœurs, les belles princesses Liapinska. La réunion était charmante.

La comtesse de Lansac ne dansait pas. Assise sur le balcon, au milieu d'un groupe d'intimes, elle dépensait son esprit en menues épigrammes et en marivaudages raffinés. Les Italiens seraient incomparables sur ces sortes de thèmes, s'il n'y avait pas les Allemands.

— Monsieur de Wilden, répondait la comtesse
par manière de conclusion, en s'adressant à un
homme d'un extérieur agréable et distingué,
faites-nous grâce, s'il vous plaît, de vos théories
sur l'amour; elles sont froides comme votre Bo-
hême et brumeuses comme elle. Soyez sage, discret, prudent, à la bonne heure! vous ne ris-
querez ni insomnies, ni jalousies, vous vivrez
longtemps, et longtemps vous ferez le bonheur et
l'orgueil d'une famille qui n'a plus que vous.

— Vous êtes injuste pour mon ami, dit en s'ap-
prochant le prince Palma, dont deux petits yeux
vifs et brillants animaient la figure maladive, c'est
un pseudo-volcan, un Werther à l'état latent. J'en
sais quelque chose, moi qui vous parle. L'hiver
dernier, à Paris (mais vous devriez savoir cela?),
il s'est fort occupé d'une Milanaise dont plus d'un
sait le nom parmi nous, et il n'a été bruit, un
moment, que du désespoir de ce cher comte à la
suite d'une déclaration risquée sans succès.

— Si c'est comme cela, prince, que vous défendez vos amis! fit la comtesse en riant très-fort.
Mais je vous trouve hardi de venir m'inventer des

contes saugrenus sur le compte de M. de Wilden,
sans songer à vous excuser, vous... — Mais laissez-
moi en finir avec le comte. Monsieur de Wilden, ne
vous défendez pas des calomnies du prince Palma;
il n'y a pas un mot de vrai dans son histoire, et la
preuve, c'est que depuis trois ans que vous me
voyez presque tous les jours, et il y a trois ans,
j'avais trois ans de moins...

— Coquette! murmura le prince.

— Jamais, continua la comtesse, vous ne m'avez
fait l'honneur de vous douter seulement que je
pusse être dangereuse pour votre cœur!... Après
un pareil trait...

— Mais je tombe des nues. Ciel! ai-je bien entendu? dit le prince en regardant Wilden. Moi qui
croyais le comte un de vos assidus, le chef de votre
légion! C'est qu'il se sera désensorcelé tout seul,
voyant qu'il n'y avait rien à gagner, et il a bien
fait, pour son repos...

— Et pour le mien, pas vrai? prince Sarcasme.
Vous vous trompez, mais ce ne vous est pas difficile. Si le comte de Wilden est cuirassé par
la sagesse et par la raison, vous, tout à l'en-

contre, vous courez ric à rac sur les pistes de la première aventure qui passe... A propos, sur quelles pistes vous étiez-vous égaré, ô mon prince ! pendant cette disparition de deux mois que vous nous avez infligée cet hiver, à ce point que vous nous avez manqué très-sérieusement pour une foule de petits projets devenus inexécutables sans vous ? Ce n'est pas galant, ça. On prévient, quand on s'en va, et on dit pour combien de temps on s'absente.

— Grâce, madame la comtesse, grâce ! je ne suis pas de force à lutter avec vous.

— Allons, prince prodigue, puisque vous voilà de retour, confessez-vous, qu'on vous pardonne.

— Vous me poussez, prenez-y garde !

—Ah ! mon Dieu ! mais vous m'effrayez !

— Voici mon histoire. J'oserai vous la dire.

— Faut-il ne me boucher qu'une oreille, ou les fermer toutes les deux ?·

—Ouvrez-les, au contraire, je n'en abuserai pas ; mes confidences ne seront pas longues. Si j'ai disparu du monde et de vos fêtes, c'est que j'étais amoureux ; si j'étais amoureux, c'est que je suis

encore candide comme la neige et naïf comme un
écolier; que l'expérience à beau me donner tort, je
m'expose incessamment à de nouvelles défai-
tes, et qu'à chaque fois que je me ramasse après
une chute de plus, il me semble toujours avoir
gagné quelque chose, ce qui vous étonne, parce
que vous ne devinez pas. Mais si je m'éprends vite,
ce qui est mal, j'oublie vite, ce qui est bien, et je
me sauve par la compensation. Mes amours de
l'hiver dernier sont allés rejoindre ceux de l'hiver
d'avant, et ainsi de suite, et me voici derechef, sans
regrets et presque sans souvenirs. Il en est de l'a-
mour... — Je ne parle que de moi, dit le prince en
changeant de ton, et tout au plus des gens qui ont
le tempérament semblable au mien. Et encore, si
ce que l'on dit est vrai, qu'il en est des tempé-
raments comme des feuilles d'arbre...

— Pas un ne se ressemble. Continuez.

— Aimez-vous la lecture?

— Beaucoup.

— Lisez-vous quelquefois des romans?

— Souvent.

— Après?

— Après? Quand j'ai fini l'un je prends l'autre. Mais il me semble…

— C'est aussi mon avis. Ces lectures-là ne se recommencent pas. Un peu plus tôt, un peu plus tard, suivant que la nouvelle a dix pages ou dix volumes; un peu plus de bonheur ou un peu plus d'ennui, suivant l'intérêt et l'arrangement, il n'en est pas moins constant qu'à la dernière ligne on jette le livre pour en prendre un autre. Ainsi de mes amours. Quand je vois arriver le mot FIN en grandes lettres, je ne me permets point de vouloir ajouter quelque chose à l'ouvrage, et je reste sur ma bonne bouche. Jugez-moi, condamnez-moi, exécutez-moi; je m'attends à tout. Mais ceci vous apprendra, comtesse, à vous montrer plus pitoyable, sous peine de vous en faire dire plus long que vous n'en vouliez entendre.

— Mais point du tout, cher prince, et vos confidences sont d'un instructif!… Je ne vais pas jusqu'à vous demander les détails, mais j'en serais presque tentée. Je suis sûre que je trouverais là de bonnes armes pour répondre aux devises de messieurs tel et tel.

—Ne vous y fiez pas, dit le chevalier Forcy, un vieil ami de la comtesse, homme du meilleur monde, d'une expérience sûre, d'un jugement infaillible, et qui écoutait avec plus d'attention qu'il n'en avait l'air, les joutes de langage qui se tenaient dans le champ clos que présidait madame de Lansac.

—Bah! je m'en rapporte à vous, monsieur Lansberg.

Le baron Lansberg était un homme dont la figure, régulièrement belle, devenait presque immédiatement sympathique par l'expression d'une mélancolie qui lui était habituelle. On croyait deviner tout de suite qu'une peine profonde avait traversé sa vie, et cependant, à certains gestes, à certaines appréciations, à certains mots, se révélait tout à coup chez le baron quelque chose de frais, d'inexpérimenté, de naïf, qui étonnait et qui charmait, sortant de cette lèvre presque douloureuse, comme étonne et charme une fleurette éclose parmi les cendres, aux lèvres brûlées d'un volcan. Il n'aimait pas le monde, et malgré son âge, misanthrope précoce, il fuyait les plaisirs bruyants. S'il venait chez madame de Lansac, lui qui n'allait

jamais nulle part, c'est qu'il avait trouvé là un
milieu qui lui avait semblé moins frivole, de la
gaieté sans prétention, du charme sans roideur, et
sans doute aussi, comme le disait tout à l'heure le
prince Palma, qu'il avait été *ensorcelé* comme les
autres par les séductions de la charmante comtesse.

L'aimait-il ? Il ne le disait point. Mais on l'aurait
cru volontiers. Il en était presque jaloux, sentiment
qui se manifestait de lui à elle par des quasi-
brouilleries. La comtesse s'en amusait, comme
font toutes les femmes : quelque bonnes qu'elles
soient, elles poussent jusqu'à la férocité les deux
égoïsmes de l'amour et de la coquetterie. Ainsi,
elles prendront volontiers pour confident de leurs
bonheurs ou de leurs soupçons celui auquel elles
ont préféré un rival, et dans le cœur duquel chacune de leurs paroles enfonce une lame de poi-
gnard ; ainsi encore, comme la comtesse avec le
baron Lansberg, se voyant aimées et demeurant
insensibles, elles jouent avec cette passion suscep-
tible en la blessant souvent et exprès, bien sûres,
après avoir fait crier et souffrir leur victime, de
la voir revenir toute confuse, saignant de ses bles-

3

sures de la veille, et briguant comme une faveur les coups qui doivent encore la meurtrir.

Adeline, sans rien répondre au chevalier Forcy, avec qui peut-être elle n'aurait pas eu l'occasion d'allonger ses ongles pour les lui faire sentir, renvoya donc la question au baron Lansberg.

— Je n'ai pas souvent le bonheur, madame, d'être de votre avis, répondit le baron ; mais au risque d'avoir raison contre vous, je soutiens qu'il vous est plus qu'inutile de savoir des épisodes du genre de ceux que M. le prince Palma pourrait avoir à vous raconter. Le prince vous l'a dit lui-même : on traverse ces aventures-là, on ne s'en souvient pas ; pourquoi vous les redire ? Le caprice, qui en est la base, n'est pas toujours excusable...

— Voilà Lansberg lancé, dit le prince. Comme je ne sais pas au juste s'il m'absout ou s'il me condamne, je me sauve pour n'avoir rien à lui répondre. Défendez-vous, comtesse.

Il prit le bras du comte Wilden et descendit au jardin.

VII

En ce moment, arrivait M. de Blankenheim.
Il vint saluer la comtesse, échangea quelques paroles avec le baron Lansberg, qui parut surpris de
le voir, et se perdit dans la foule des allants et ve-
nants dans le salon encombré. Le chevalier Forcy,
accoudé au balcon, avait l'air de rêver aux étoiles se
mirant amoureusement des champs bleus du ciel
aux flots transparents du lac.

Adeline était restée assise, et son œil distrait se
promenait de groupe en groupe sur la fête qui se
déroulait devant elle. Le baron la regarda longtemps sans mot dire, puis, ramassant le bouquet
qu'elle avait laissé glisser à terre, et le lui tendant :

— Depuis quand, lui demanda-t-il, connaissez-
vous M. de Blankenheim ? Vous ne m'aviez pas dit
qu'on vous l'eût présenté ?

— On ne me l'a pas présenté non plus, mon
cher baron ; c'est le hasard qui a tout fait. Nous
nous sommes rencontrés, le capitaine et moi, dans
la Trémezzina. Le chemin n'était pas beau, je ne
suis point brave, il m'a rassurée et aidée... Voilà,
en deux mots, la première page de mon roman
avec M. de Blankenheim, et il est plus que proba-
ble qu'il n'en aura pas d'autre. Parions que vous
allez avoir à me tourmenter là-dessus ?

— Comme c'est bien vous ! L'imagination s'é-
lance et vous voilà partie. Il est bien heureux, avec
tant d'imprévoyance, que vous soyez si sûre de
vous-même !

— C'est-à-dire, monsieur le baron, que vous
me prenez pour la moitié d'une aventurière. Grand
merci !

— Madame !...

— Comment, Alceste que vous êtes, aurais-je fait
pour ne pas inviter à mon bal M. de Blankenheim ?
Ne vous ai-je pas dit qu'il est mon voisin ? qu'il
demeure dans cette villa même, au-dessus de ma
tête, et qu'à défaut du hasard qui nous a rappro-
chés, la stricte politesse exigeait qu'il me fît sa vi-

site? Comme vous y allez, avec vos imaginations et vos imprévoyances! Mais du ton dont vous le prenez, je pourrais croire mon repos menacé et ma réputation gravement compromise.

— Vous exagérez, comme toujours; mais avec vos idées sur l'infaillibilité du premier mouvement, la couleur romanesque de votre première entrevue avec le capitaine va vous faire sacrifier vos anciens amis à ce nouveau venu, je le parierais.

— Comme il vous plaira, monsieur le baron; je suis libre d'agir à ma guise : libre à vous de crier au feu!

— Je sais, madame, que ma franchise a souvent le tort de vous déplaire, mais permettez-moi un dernier conseil. M. de Blankenheim n'est pas homme à être admis dans votre intimité. C'est un charmant garçon : mais vous ne savez pas la vie qu'il mène; vous ne pourriez pas la comprendre. On m'a souvent répété que les femmes, par curiosité, accueillaient bien les mauvais sujets : cette curiosité-là siérait mal à un caractère comme le vôtre, et je ne vous en soupçonne pas. Quant à lui, vous devez lui plaire, et il vous aimera, s'il ne vous aime pas déjà. Comment, d'ailleurs, échapper au prestige, en vous voyant à toute heure? ajouta le baron avec un peu d'amertume.

— Allons, soyez heureux, je vous donne gain de cause, répondit enfin la comtesse. Je mettrai, pour vous satisfaire, mon étourderie à l'école de votre perspicacité. Mais à tout prendre au pire, et pour me servir de vos mots, avouez qu'il y a quelque distance de mon *imagination* à mon cœur. J'ai vu deux fois M. de Blankenheim, je ne me suis aperçue d'aucun symptôme alarmant, pas plus de son côté que du mien, et d'ailleurs, sur ce que vous m'en dites, il doit avoir d'autres habitudes et d'autres ambitions.

— C'est ce qui vous trompe, madame. N'ayant jamais couru que des succès faciles, une conquête de votre valeur lui sourirait d'autant plus. On aime les contrastes. Mais gare le dénoûment d'une aventure si belle au début! Si jamais... Mais non, je ne veux pas même y penser; ce serait trop malheureux pour vous, et trop affreux pour ceux qui vous aiment. Pardonnez-moi, madame, si je vous

ai blessée. La franchise, souvent choquante, est
quelquefois excusable, et la mienne doit puiser
ses immunités dans mes bonnes intentions.

— Vous êtes tout pardonné, mon cher baron ;
je me souviendrai de vos conseils et j'en profiterai.
J'aime, entre femme et homme, ce sentiment in-
termédiaire, moins sec que l'amitié, moins absolu
que l'amour, qui met un intérêt dans la vie et ne
fait pas souffrir... Mais voilà M. de Blankenheim ;
pourvu qu'il n'aille pas se douter que nous parlions de lui.

Paul, en effet, venait demander à la comtesse la
faveur d'un tour de valse. Elle se leva aussitôt.
Tout en valsant, il la plaisanta sur l'air sérieux
que semblait lui avoir laissé sa conversation avec
M. de Lansberg ; Adeline, ne sachant trop que
répondre, se défendit mal ; Paul, sans trop se
rendre compte du sentiment qui s'éveillait en lui,
sentiment de jalousie, déjà si fort, qu'il l'avait
poussé à rompre l'entretien du baron avec la comtesse, prit ombrage de cette réserve, devint maus-
sade, et ne dansa plus.

Peu à peu les illuminations s'éteignaient, une

lueur blanche accusait déjà du côté de Lecco les
premières lueurs du jour. On annonça le souper.
Pendant que la foule se pressait autour des tables,
la comtesse, accoudée au balcon et les yeux sur
l'horizon blanchissant, eut l'idée singulière de se
faire exécuter pour elle seule la *prière de Moïse*.
Pensive, regardant dans son cœur, avec les yeux
de la réflexion, un amour combattu surgir, en
même temps qu'avec les yeux du corps elle voyait
les premiers rayons allumer au loin les crêtes des
montagnes, et la nature encore endormie, attendre,
pour s'éveiller et pour vivre, la chaleur et l'éclat,
la lumière et le feu, — le soleil! — elle se demandait si la passion n'est pas la condition de la vie, et
l'amour le soleil de l'âme?

Le dernier coup d'archet venait d'expirer dans
l'air encore vibrant; l'horizon s'embrasait sous les
caresses du soleil vainqueur, et des teintes pour-
prées et dorées coloraient déjà dans le ciel les tons
blancs du matin. — Le bruit des chaises dans la
salle à manger fit comprendre à la comtesse que le
souper tirait à sa fin, et s'arrachant avec peine à sa
contemplation solitaire, elle fit quelques pas dans

le salon où ne pouvaient manquer de rentrer bientôt les convives. Elle aperçut alors, dans l'embra-
sure d'une fenêtre, Paul de Blankenheim, seul
aussi, qui, les yeux sur elle, lui paraissait chercher
et deviner le sujet de ses réflexions.

La comtesse tressaillit. Un mot, et elle se tra-
hissait. Il semble quelquefois que l'œil interroga-
teur qui vous surprend, a la puissance de fouiller
jusque dans le fond de votre cœur pour y saisir
votre secret.

Heureusement, les adieux à faire, le mouvement
presque tumultueux du départ, tout vint en aide
à la comtesse pour lui permettre de cacher son
trouble. Paul s'éloigna avec la foule; la villa Galietta, tout à l'heure si bruyante, fut bientôt presque
déserte.

Le soleil se levait splendide, salué une seconde
fois, après l'invocation de Rossini, par les tam-
bours qui battaient la diane : dans tout le reste
de la ville, un repos absolu; dans les champs encore
silencieux, l'alouette seule chantait son hymne
joyeux au soleil levant et à l'heure matinale.

VIII

Une des parties favorites de la société nomade
qui passe à Côme quelques mois de l'été, une partie
pour ainsi dire indispensable, et sans laquelle on
n'a presque pas le droit de s'être arrêté dans le
pays, c'est la promenade en bateau le long des
rives du lac. Rien de plus séduisant d'ailleurs! Une
ceinture de villas qui viennent baigner dans l'eau
la chevelure pendante de leurs saules et les pieds
de marbre de leurs terrasses; des barques sillon-
nant le lac dans tous les sens, et où chaque coup de
rame est rhythmé par un accord de voix; les montagnes succédant aux gorges, et les pelouses fleuries
des villas aux ravins déchiquetés et aux rochers
abruptes; c'est une excursion pleine de charmes,

et l'on suit volontiers un usage que l'on créerait s'il n'était pas établi déjà.

La comtesse Adeline reçut donc un matin un petit billet d'invitation pour deux heures de l'après-midi. Un bateau à vapeur avait été retenu, et la compagnie devait visiter les merveilles que renferment les villas Melzi, Pléniani et Sommariva. Tout le monde fut exact, et quand la cloche donna le signal du départ, le pont ressemblait à une corbeille de fleurs, avec toutes les ombrelles vertes, roses, blanches, sous lesquelles s'épanouissaient tant de jolis visages, rivalisant ensemble d'élégance et de contentement. Un babil coquet et coupé de rires charmants, pétillait d'un bout à l'autre sous le pavois des ombrelles ; c'étaient à chaque instant des exclamations, des admirations ou des observations d'une causticité féminine. On passa ainsi devant les villas Troubetzkoy, Taglioni, Pasta et Fanzy, s'extasiant ou raillant tour à tour, ici sur la fraîcheur d'une fontaine, là sur le mauvais goût d'un chalet.

A la coterie habituelle, dont nous connaissons déjà les principaux membres, s'étaient joints quelques voyageurs de passage ; parmi eux un Bavarois,

M. Legocky, esprit brillant, orateur facile, qui s'était
mis de l'opposition, moins par conviction réelle, que
pour trouver matière à fronder. Il aimait les grands
mots, les phrases à effet, les périodes sonores, et
c'était là les quatre-vingt-dix-neuf centièmes de sa
politique. Vaniteux à plaisir, il avait voulu jouer
un rôle, et il le jouait. Les journaux conservateurs
lui faisaient l'honneur d'une guerre personnelle;
spirituel et original, il acceptait la guerre, ripostait
avec verve et mettait les rieurs de son côté. Sa po-
pularité en Allemagne était immense. Il avait refusé
d'être ministre, qui sait? comptant sur mieux peut-
être. Qui dépassera jamais, fût-ce par les supposi-
tions les plus audacieuses, la profondeur de l'orgueil humain et la folie de certaines vanités!

M. Legocky, présenté à la comtesse par le baron
Lansberg, avait fait les délices de ses soirées par
son inépuisable verve. Quand il ne s'avisait pas de
grandeur, de gloire, de pays, de postérité, et de
l'enfilade de grandes phrases dans lesquelles viennent tout naturellement s'enchâsser ces grands
mots, il était d'un esprit incroyable. Les dames
raffolaient de lui. Il les faisait rire aux larmes des

personnages ennuyeux et officiels dont il savait si bien ridiculiser les perruques et les grands cordons. Sur le pont du bateau, il était harcelé, c'est le mot, par un groupe des plus folles et des plus espiègles. L'apprenti Mirabeau, cédant à une tentation dangereuse, s'était imaginé de faire un sonnet à la ville de Côme qui disparaissait dans le lointain, à l'arrière du bateau, — et il en avait écrit deux lignes :

> O mio bianco e bel cigno,
> Che sei bello, che sei bianco...

Et il en était demeuré là. Peu familiarisé avec la langue italienne, il s'épuisait en efforts superflus, et pour le faire enrager, le groupe qui l'entourait, se constituant ses secrétaires, lui apportait, sous prétexte de rimes, des mots à mettre le désordre dans la cervelle d'un automate. Le désespoir du malencontreux poëte était un inépuisable sujet de joie pour la turbulente jeunesse qui prenait sur lui, ce jour-là, la revanche de plusieurs ministères.

IX

Pendant ce temps-là, la comtesse de Lansac, dans un coin de l'arrière, achevait de couper une brochure qu'elle avait reçue de Paris le matin même. Près d'elle, M. de Blankenheim, sans mot dire, avait l'air de se complaire dans l'embarras visible où sa présence mettait la comtesse. Depuis la nuit du dernier bal (plus de quinze jours en çà), le capitaine et la comtesse s'étaient souvent revus, mais jamais seuls, et pourtant, malgré la banalité des phrases et l'insignifiance des formules, il y avait toujours pour chacun d'eux, dans ces conversations à plusieurs, un sens mystérieux qui frappait M. de Blankenheim, et qui, malgré elle, préoc-

cupait vivement Adeline. Elle comprenait que,
depuis qu'il la connaissait, il avait changé d'existence; les attentions dont il l'entourait dévoilaient
une pensée d'amour qui la pénétrait insensiblement, et qu'elle ne se sentait déjà plus la force de
repousser, comme elle l'eût fait sans hésiter d'une
déclaration, s'il avait eu la maladresse de la risquer. Elle ne croyait pas l'aimer, mais elle y pen-
sait sans cesse; elle avait pour lui, quand ils se
rencontraient, un sourire et un salut qui, à son insu,
en disaient plus pour lui que pour d'autres, et où
il savait fort bien lire, avec ce sang-froid qui ne
l'abandonnait jamais, les progrès qu'il faisait dans
ce cœur jusqu'à présent réputé inaccessible. S'il lui
parlait, une rougeur brûlante descendait de son
front à son cou, et il y avait presque un aveu dans
le tremblement de sa voix, qui ne s'affermissait que
par degrés, et dans son maintien, qui devenait ti-
mide, d'assuré et de hautain qu'il était auparavant.
Paul de Blankenheim était fou de joie; indépendam-
ment du triomphe de vanité que lui promettait l'avenir, il y voyait aussi pour son cœur une satisfaction
infinie, car il l'aimait aussi, lui, avec toutes les

émotions et toutes les naïvetés d'un amour sincère; et jamais de sa vie il n'avait éprouvé rien
qui approchât de ces sensations brûlantes, sérieuses
et élevées à la fois.

Ils ne s'étaient pas dit vingt paroles, quand le
bateau à vapeur vint ranger le quai de la villa
Melzi. On était arrivé. La compagnie se répandit
gaiement dans les jardins et dans les galeries, les
uns cueillant des fleurs, les autres admirant des
tableaux et des statues. La comtesse Adeline, occupée à d'autres soins, s'assit sur les degrés de
marbre qui descendaient à un bassin peuplé de pois-
sons rouges. Seule, le coude appuyé sur les touffes
de pampres qui tapissaient les degrés, elle voulait,
loin de l'obsession des regards du capitaine, passer
en revue les pensées si nouvelles qui avaient occupé sa promenade, et tâcher de voir clair dans
son cœur, qu'elle ne reconnaissait plus.

Mais bientôt Paul, à la recherche de la comtesse,
vint déranger ce solo attendu, et nous ne savons si
ce fut de plaisir ou de dépit que madame de Lansac rougit en le voyant paraître.

— Vous aimez bien la solitude, madame, lui

dit-il doucement, que vous la préfériez aux merveilles artistiques qui peuplent cette villa. Ce que
c'est, cependant ! Vous avez l'air plus heureuse
aujourd'hui que la nuit de votre fête, et l'on vous
dit mondaine, coquette, aimant le luxe, et courant
avec fureur après toutes les occasions de succès.

— On se trompe souvent à vouloir juger les
autres, monsieur. Le monde s'occupe de chacun,
mais à la superficie seulement ; il n'a le temps
d'approfondir ni les intentions, ni les caractères.
Que lui importe, d'ailleurs ? et que m'importe à
moi la réputation plus ou moins méritée qu'il me
fait, pourvu que je sois appréciée par ceux qui
me connaissent et auxquels je suis un peu chère ?

— Il n'y en a guère, n'est-ce pas, madame ? je
ne parle pas de ceux qui vous aiment, je veux parler de ceux qui vous connaissent. C'est une étude
que je crois difficile. Vos impressions rapides et
spontanées déjouent tous les calculs. L'imagination vous entraîne, et le sentiment est votre loi
unique. Dans de pareilles conditions, cuirassée
d'ailleurs par la volonté ou le tempérament contre
toute espèce de faiblesse, vous êtes une femme

d'autant plus dangereuse que le charme qui entraîne vers vous est pour ainsi dire magnétique, et qu'une fois engagé dans la zone d'attraction dont votre regard est le centre, on ne peut plus s'y dérober, sans oser la subir franchement. En effet, habituée à une indépendance absolue, trop intelligente en même temps pour ne pas deviner et chérir toutes les délicatesses, vous ne voudriez point d'un maître, point non plus d'un esclave. J'y ai souvent pensé depuis que je vous connais. C'est triste à dire, madame, mais, je vous le demande :
— Que faut-il faire pour ne pas vous aimer? ou pour guérir si l'on vous aime déjà?

— Vous ne parlez pas sérieusement, monsieur, répondit la comtesse ; tout ceci est la broderie obligée du thème ordinaire des conversations d'un homme avec une femme, quand cette femme a commis la faute de laisser entrevoir quelque tendance à la sincérité, ou au romanesque, ce qui est tout un, et ce que le monde condamne également. Si, par extraordinaire, votre langage était autre chose qu'un jeu, je vous répondrais simplement qu'entre nous deux l'amour est impossible.

— Expliquez-vous, madame, je vous en prie.

— A votre âge, monsieur (les hommes sont
jeunes plus longtemps que nous), quelle distinction
pouvez-vous faire entre l'amour et le plaisir? Les
femmes sont pour vous des instruments de succès
ou de distraction, aussi vite oubliés que pris; voilà,
du moins, comme vous avez vécu, et c'est une ga-
rantie médiocre, vous en conviendrez. Chez nous,
au contraire, soit que l'amour s'éveille lentement,
soit qu'il éclose spontanément, il devient notre pensée unique, le seul paradis rêvé, le seul bonheur
possible pour nous; plus d'autre ambition, plus
d'autre préoccupation, plus d'autre but; notre
existence elle-même n'est plus, vis-à-vis de lui,
qu'une question secondaire. Cependant, juste à
l'heure où notre amour, qui grandit sans cesse,
est devenu pour nous la condition essentielle d'une
vie déserte sans lui, c'est alors que vous n'aimez
déjà plus, et que vous cherchez ailleurs quelque
nouvel objet à cette flamme que nous avions cru
fixer. Par exemple, monsieur (une supposition ne
conduit à rien), croyez-vous que je pusse souffrir
l'indifférence de quelqu'un qui m'aurait aimée?

Non pas. J'aurais, il est vrai, voyant son affection décroître, le courage de briser mes liens, mais je ne les oublierais jamais. Tout sentiment vrai creuse un pli sur le front, un sillon dans le cœur, et c'est le désespoir de toute une vie que vous jouez, vous autres messieurs, sur un soupir perdu ou sur une phrase menteuse.

— Ah! madame, il n'est pas possible que vous soyez de bonne foi! On ne ment jamais quand on aime, et la passion a un langage à elle, que l'on peut méconnaître, mais qu'on ne saurait jamais feindre. J'ai fait bien des folies, c'est vrai; mais ensuite? A mon âge, qu'est-ce que des folies prouvent? Je n'ai jamais trompé une femme, puisque jamais il ne s'en est rencontré une seule à laquelle j'aie fait un aveu. Si je vous dis que je vous aime, madame, croyez-le, et si j'ose vous ouvrir mon cœur, c'est qu'il est complétement subjugué. Depuis un mois que je vous ai vue pour la première fois, votre image me préoccupe et me poursuit sans cesse. La nuit, je passe les heures à compter les minutes qui me séparent du moment où je pourrai vous entrevoir à votre balcon, et j'attends, les yeux sur le lac désert, ce premier mouvement de la maison qui m'annonce votre réveil. Alors mes nerfs se détendent et se calment, j'attends avec patience, je sais que je pourrai vous voir et je ne souffre plus.

Pendant qu'il parlait, Adeline, pâlissante, avait voulu l'arrêter, mais en vain; sa main, comme paralysée, sa voix, comme oppressée, lui avaient refusé la parole et le geste.

— Monsieur, lui dit-elle enfin après avoir écouté, malgré elle, chaque mot de cette déclaration explicite, monsieur, si vous m'aimez, épargnez-moi... Depuis longtemps, je ne fais plus de projets de bonheur. L'amour, pour être deviné, n'a pas toujours besoin d'aveu, et je savais à peu près ce que vous venez de me dire. Il eût été plus généreux à vous de m'épargner l'embarras d'une réponse. Je ne suis pas la femme que vous croyez; sous des apparences calmes et douces, je cache une nature fantasque, emportée, violente. A force de volonté, j'ai réussi à modifier un peu mon caractère, et à maîtriser, sinon mes élans dominants, du moins leur première manifestation; —mais au fond

je suis restée la même, l'écorce seule s'est adoucie,
et si mon cœur m'échappait, impuissante désormais à maîtriser mes sensations, j'aimerais avec
passion, je serais jalouse, exigeante, insupportable
peut-être. Bonheur bien court et payé trop cher!
En conséquence, tâchez de surmonter un entraînement qui vous trouble, et demeurons amis,
c'est plus sûr. Mon existence, sans intérêt réel,
n'est pas heureuse sans doute, mais je vis tranquille; le monde me sait gré de ma vie sans trouble
et des fêtes que je lui donne; il est si peu habitué
au luxe sans scandale! J'ai quelques amis, dont
l'esprit m'amuse, et dont l'intimité journalière occupe mes heures et m'empêche de songer à mon
isolement. Promettez-moi, monsieur, si même
c'est un sacrifice, dit Adeline en lui tendant la
main, de reprendre vos habitudes d'autrefois... de
recommencer vos folies, ajouta-t-elle avec un regard dont une larme tempérait la coquetterie, et
mon cœur vous en tiendra compte.

M. de Blankenheim promit tout. Ému de cette
lutte visible et si peu dissimulée, entre la raison et
l'entraînement, chez cette femme qui ne voulait

pas aimer, il l'en aima davantage, tout en s'enga-
geant à n'y plus penser.

Qu'allait-il advenir de cette promesse demandée
par une femme éprise, et jurée par un homme en
proie aux mouvements irréfléchis de la passion?
Le hasard vint à leur secours. Des cris joyeux éclataient dans le jardin. La comtesse et le capitaine
se levèrent. C'était M. Legocky, son papier à la
main, qui passait, entouré d'un essaim turbulent de
jeunes femmes. — « Le sonnet! le sonnet! » — Il
était enfin terminé, ce fameux sonnet du *cygne
blanc*, et M. Legocky le devait à quelque fugitive
ressemblance entre une statue de Bernini et une
femme qu'il avait aimée. Pour l'arracher aux espiè-
gleries de son impitoyable cortége, pour s'arracher
elle-même aux pensées dangereuses dont avaient
rempli son cœur les paroles de M. de Blankenheim,
la comtesse offrit son bras à M. Legocky, et ils indi-
quèrent à la société le chemin du dîner, commandé
la veille et savamment préparé à l'*Hôtel de Mercure*.

X

Un orage violent venait d'éclater, le tonnerre
grondait sans relâche et de larges gouttes de pluie
tombaient du ciel assombri. C'était un de ces
temps où les organisations nerveuses obéissent
comme un baromètre aux changements soudains
de la température, et soit pour souffrir, soit pour
aimer, n'attendent que l'occasion déterminante
d'un fait ou d'un mot. La comtesse de Lansac,
assise à une des fenêtres de son cabinet, s'apprê-
tait à commencer sa toilette, car il y avait concert,
ce soir-là, à la villa Riccordi. Le salon, à peine
éclairé, annonçait à ses habitués qu'elle ne recevait pas, et ce fut avec étonnement qu'elle apprit
de sa femme de chambre que M. de Blankenheim

4

demandait à la voir. Adeline, presque malgré elle,
le laissa entrer, et il parut, lui apportant un ravis-
sant bouquet. Tout en le remerciant, l'embarras de
la comtesse était si évident, que Paul se repentit de
l'avoir provoqué par sa visite inattendue.

Entre deux personnes qui s'aiment, qui le savent, et dont une même préoccupation agite les
pensées, il ne peut exister de conversation suivie.
On est, de part et d'autre, si loin de ce que l'on
dit! On a beau vouloir, on a beau être de bonne foi,
on a beau s'être promis de se taire toujours, l'amour
est là, force victorieuse, qui déchire ou renverse
tous les voiles et tous les obstacles, et la conversation, si égarée et si lointaine qu'elle soit, en arrive,
d'un bond, au sujet brûlant que l'on voulait éviter.

La comtesse de Lansac s'était rapprochée de la
table et promenait au hasard son aiguille sur une
broderie commencée. Paul tourmentait une paire
de ciseaux qu'il semblait avoir l'intention de briser. L'émotion était grande, le silence presque
complet. A peine quelques mots en l'air, prononcés
du bout des lèvres, écoutés seulement d'une oreille.
En ce moment, une plaisanterie, un sourire, eus-

sent été d'une dissonance douloureuse. Ils subis-
saient tous deux, captivés et tremblants, la force
du lien invisible qui unissait leurs cœurs.

M. de Blankenheim prit enfin la parole :

— Je vous avais promis, madame, de ne plus
vous parler d'amour, mais l'accomplissement de
cette promesse est au-dessus de mes forces ; laissez-
moi plutôt espérer que je trouverai dans votre
cœur (à défaut de sympathie) l'indulgence que
mérite un sentiment profond. Sans doute, je ne
suis pas digne de vous, mais que serait l'amour,
si ce n'était une purification toute-puissante ?
Laissez-vous aimer, si vous ne pouvez m'aimer
encore ; l'amour est la rédemption des uns et le
bonheur des autres ; vous serez heureuse, j'en ré-
ponds, et vous comprendrez alors, qu'en vous trom-
pant de sentier, vous n'aviez pris de la vie que les
côtés arides et les jouissances superficielles. Écou-
tez-moi, madame, je suis sincère et je suis épris.
Vous détournez la tête... mais vous êtes émue...
vous pleurez !... Adeline, Adeline ! est-ce que vous
m'aimeriez aussi ?

Il était à ses pieds, les mains jointes et les yeux

humides. Tout ce que l'amour a de folies charmantes, la passion d'extravagances enthousiastes,
il les mit dans son langage, et ce fut une scène à
ravir les anges, que le spectacle de ces deux êtres,
chacun d'eux cédant, sans s'en rendre compte,
à l'irrésistible entraînement de son amour pour
l'autre.

La pendule, qui sonna onze heures, vint rappeler
à la comtesse qu'elle était attendue; mais vainement
elle voulut prouver à Paul la nécessité pour elle de
paraître à la fête des Riccordi; Paul lui démontra
que l'amour était la fête par excellence, et il semblait si ravi de cette soirée volée au monde, qu'elle
n'eut plus le courage d'insister. Soirée charmante!
heures bénies! On se rappela mot par mot, minute par minute, les préliminaires d'une connaissance maintenant si précieuse; aux souvenirs d'un
passé si court, se joignirent les projets d'un avenir
éternel. L'amour! rayon divin! — Il fallut se quitter
pourtant; mais quand on s'aime, est-ce se quitter
que de se séparer pour une nuit?

Restée seule, la comtesse de Lansac, s'interro-
geant sur les événements de cette soirée, resta

stupéfaite du pas qu'elle venait de franchir. Elle regarda autour d'elle... il n'était plus là ; elle eut peur.
Voilà donc sa destinée liée à la destinée d'un autre,
son avenir engagé, compromis peut-être ! Elle aimait Paul... Mais lui? Elle n'avait d'autre garan-
tie que la confiance insensée que l'amour met au
cœur des femmes. Le goût qu'il éprouvait pour
elle passerait sans doute aussi rapidement qu'il
avait commencé, et alors, que devenir? Elle-
même, bientôt elle allait quitter Côme, et alors, à
quelle souffrance ses jours étaient condamnés par
cette affection dont tout la séparait?

Le sommeil la surprit dans le chaos de pensées
sans suite qui fatiguaient sa tête et qui troublaient
son cœur, et la matinée était déjà avancée quand elle
se réveilla, malade encore des pensées de la veille.
Mais quand les fenêtres, en s'ouvrant, lui envoyè-
rent le gazouillis des oiseaux, les chansons des ma-
telots, les rayons du soleil, les mille effluves de vie,
les mille murmures d'une nature heureuse, elle se
sentit, à son tour, avide de bonheur, toute crainte
s'évanouit, et elle s'abandonna sans réserve à la
certitude d'être aimée.

A dater de ce jour, la vie d'Adeline fut radieuse, et pendant six semaines, pas un souci, pas un déboire n'altéra la sérénité de son âme ni la pureté de son front. Chaque jour, le lien qui l'unissait à Paul semblait se resserrer davantage. Elle trouvait un charme infini à lui faire connaître d'autres sentiments que ceux qu'il avait rencontrés dans les femmes qu'il avait aimées avant elle, à lui révéler les délicatesses exquises de son cœur, à l'initier à cette vie nouvelle dont son amour se plaisait à lui dévoiler les séductions inconnues. Ils passaient des heures à causer. Paul, ambitieux comme tous les militaires, rêvait de grades et de distinctions gagnés sur les champs de bataille; c'était un thème inépuisable. A son tour, Adeline, lui racontant son passé, lui parlait de ce Paris prestigieux, où les femmes sont heureuses d'être belles, où les hommes sont fiers d'être quelque chose; de Paris, la ville à côté de laquelle toutes les autres pâlissent, déshéritées qu'elles sont des puissants mobiles qui en font la ville des rayonnements : — l'intelligence, la liberté, l'esprit! « Et cependant, ajoutait la comtesse, sans vous, que

sera pour moi désormais ce Paris si vanté ? » En
l'écoutant, en voyant sa physionomie calme s'ani-
mer au feu de ses paroles, et plus encore au feu de
son amour, Paul, enchanté, savourait avec bonheur le charme d'une affection si profonde et si
étendue.

XI

On touchait au mois de septembre, et déjà quelques familles avaient quitté Côme pour Florence ou pour Naples. Chaque soir, le salon de la villa Galietta perdait un de ses habitués. Le comte de Lansberg, fâché de l'intimité de Paul avec la comtesse, était parti l'un des premiers.

— Un de mes amis, avait dit la comtesse d'un ton de regret.

— Un de mes rivaux, avait répondu Paul avec une certaine amertume.

La comtesse n'en reparla plus. A vrai dire, cette désertion réduisant de jour en jour le cercle de ses familiers, qui aurait été, un mois en çà, un cha-

4.

grin pour Adeline, lui semblait aujourd'hui presque un bonheur. Plus ses relations se resserraient,
plus son amour prenait de place, et quoi de plus
envahissant et de plus égoïste que l'amour !

Tous les matins, Paul descendait près d'elle pour
discuter ensemble l'emploi de la journée. Elle venait au-devant de lui, fraîche, joyeuse, presque
obéissante, et il la pressait sur son cœur avec un
sentiment à la fois affectueux et protecteur ; — ce
qui caractérisait parfaitement la nature de leurs
relations : la comtesse toujours dominée, le capitaine ne cédant jamais.

Un jour, comme il y songeait le moins, un ordre
de départ vint l'arracher à son bonheur et à la
comtesse. Il s'agissait de rejoindre et de suivre plus
ou moins loin et plus ou moins longtemps le général auquel il était attaché comme officier d'état-
major. Il partit. Restée seule, et bien seule cette
fois, car à peine quelque rare visite venait trou-
bler sa solitude, la comtesse se laissa aller à ces
réflexions après coup, toujours pénibles, souvent douloureuses, qui déchirent, feuille à feuille,
les plus belles pages de nos rêves, et qui nous font

voir et prévoir dans l'avenir des malheurs toujours
menaçants. Adeline était d'autant plus inquiète,
qu'elle avait un prétexte à ses inquiétudes. Paul devait aller à Vérone, et dans les environs demeurait
cette madame Ohlan, qui l'avait occupé un instant.
La hardiesse de langage, les habitudes excen-
triques, les allures cavalières de cette dame, la faisaient remarquer partout où elle allait. Elle était
brune, pâle, âgée de plus de trente ans, mais ne
s'en donnant que vingt-six. Cet âge, qu'elle ne dé-
passait plus, était aveuglément accepté et répandu
par ses attentifs, toujours choisis parmi les plus
jeunes gens. Sensuelle au superlatif, sa correspondance, par un contraste plus singulier que rare,
était d'un sentimentalisme exagéré; dans ces pages
éthérées, se jouant la comédie à elle-même, elle
s'élevait dans les nuages, parmi les anges, et se
donnant comme une victime sacrifiée à la tyrannie
de son débonnaire mari, elle semblait ne tenir à
la vie que par des liens immatériels. Cependant
trois beaux enfants vivants, sans compter les
morts, eussent donné un démenti assez vif à ces
instincts célestes; mais elle n'en parlait jamais.

Cette femme, s'intéressant à toutes les distractions courues par la jeunesse masculine, était assidue aux steeple-chases comme aux théâtres, et
c'est aux courses du printemps qu'elle avait re-
marqué M. de Blankenheim. Jeune, aimable,
joli de visage, vainqueur de la course, le capitaine
lui avait plu, et elle s'en était engouée. Le mari
l'avait invité à passer quelques jours dans leur cot-
tage, invitation jusque-là déclinée; mais sous le
prétexte de laquelle madame Ohlan avait eu l'a-
dresse de lier une quasi-correspondance avec le
beau capitaine. Dieu sait la poésie en prose dé-
pensée à ce propos-là par la séraphique madame
Ohlan! Paul, dans les commencements de son
amour avec la comtesse, avait eu là malheureuse
idée de répondre à une de ces lettres. Les amoureux sont tous les mêmes. Il avait besoin d'écrire
les impressions qui le débordaient, l'extase dans
laquelle il se trouvait noyé, de sorte que, ne nom-
mant personne, madame Ohlan avait naturellement pris pour elle les expressions transmondaines
dont Paul se servait pour exprimer son amour,
et tout enchantée d'un style qui servait si bien ses

propres sentiments, elle lui écrivit quatre pages
d'exclamations en réponse aux belles choses dont
il lui faisait l'aveu, aveu qu'elle repoussait faible-
ment. Paul rit aux larmes du quiproquo ; il n'avait,
de sa vie, pensé sérieusement à cette dame, et il
alla, tout en joie, raconter l'anecdote à la comtesse
de Lansac. Mais celle-ci n'en rit pas, une pratique
plus assidue lui avait révélé les côtés accessibles de
celui qu'elle aimait, et parmi ceux-là, la vanité
était au premier rang. Elle eut peur de ce jeu, joué
à ses dépens, et redoutant pour son fragile bonheur
la rivalité d'une femme si expérimentée et si ha-
bile, elle avait supplié Paul de rompre cette correspondance, l'autorisant, s'il le fallait, pour lui
ôter tout espoir, à confier à madame Ohlan le lien
qui les unissait, elle et lui.

Ceci se passait la veille du départ de Paul et
n'avait pas peu contribué à rendre cette absence
plus douloureuse pour la comtesse.

Quatre jours déjà — jours bien longs — avaient
passé sur cette absence ; le cinquième était arrivé,
traînant comme les autres son aile nonchalante. Il
faut avoir souffert ou attendu, pour savoir ce qu'il

tient de tristesses, d'impatiences, de désespoirs,
dans un tour de cadran. Adeline, lasse d'user sa
pensée avec sa pensée même, sans pouvoir lui
échapper et sans pouvoir la combattre, imagina de
la produire, espérant en adoucir par là les aspéri-
tés douloureuses. La tête se soulage dans ce travail d'analyse par lequel nous nous expliquons à
nous-mêmes, le cœur se dégonfle, et l'on est tout
surpris, au bout de quelques pages, de sentir ses
larmes se sécher, et s'apaiser l'orage qui grondait
au dedans de nous.

Adeline en était là de son travail d'expansion ;
les lignes se pressaient en foule sous sa plume rapide ; elle trouvait un double charme à cette analyse de ses sentiments, celui de la curiosité pour
elle-même et celui de la confiance. On reprend
courage après s'être exactement orienté. Elle en
était donc là de ce travail rafraîchissant, quand
soudain deux mains se posèrent sur ses yeux, lui
dérobant la lumière. La comtesse ne put retenir un
cri d'effroi ; mais quel fut son ravissement, une fois
débarrassée de cette étreinte inattendue, de se
trouver dans les bras de Paul !

— A qui écriviez-vous, mon amie ? lui demanda-t-il doucement, et laquelle de nos belles dames va m'en vouloir de vous avoir interrompue si brusquement ?

— J'écrivais... à monsieur...

— Lansberg ? interrompit M. de Blankenheim.

— Non ; au comte de Wilden... répondit Adéline, ne voulant pas montrer ce qu'elle écrivait, et ne sachant pas trouver un mensonge. Tout en balbutiant, elle rougissait jusqu'aux oreilles, et bouleversait son buvard, dans l'espérance d'y égarer ces feuillets maudits.

— Je regrette, dit Paul, interprétant mal cette manœuvre, que vous ayez des secrets pour moi.

— Des secrets pour vous ! répondit vivement la comtesse, et elle lui tendit la lettre. Paul la repoussa doucement.

— Non, madame, plus maintenant. Je vous demande pardon d'une indiscrétion si obstinée. Je suis Allemand, et l'Allemagne est sincère. En France, dans ce Paris surtout dont vous parlez si bien, la dissimulation s'appelle adresse, et on a fait de l'adresse une vertu. Le comte Wilden (puisque Wilden il y a) est trop jeune pour devenir, sans danger pour personne, le confident intime d'une femme de votre âge. Si vous ne m'aimez plus, Adeline, dites-le-moi ; si vous m'aimez, et tant que vous m'aimerez, vous me devez compte de toutes vos actions, de vos pensées même. Votre cœur est à moi et aussi votre tête, et aussi chacune des pensées qui la traversent ; je prétends être tout pour vous : présent, avenir, passé... L'amour n'existe, selon moi, qu'à la condition d'être absolu.

— Vous allez, vous parlez, et vous vous emportez tout seul ! Dételez cette belle colère, s'il vous plaît, mon beau capitaine, et puisque je n'aime que vous, croyez bien que toutes mes pensées vous appartiennent, puisqu'elles ne s'adressent qu'à vous. Voilà cette fameuse lettre... Lisez-la... Vous ne voulez plus ? Très-bien ! Faites comme il vous plaira davantage. Maintenant, Paul, consolez-moi un peu pour ces cinq jours passés sans vous voir. Si vous saviez mon chagrin, à vivre ainsi toute seule, dans cet endroit dont chaque objet me racontait quelque chose de vous ! Oui, je vous aime, Paul, je vous aime autant que je puis aimer, regrettant de n'avoir, pour vous le dire, que le même mot qui sert à tout le monde et dont on a si souvent abusé.

Paul se mit aux pieds de la comtesse.

— Vous êtes belle, vous êtes bonne, vous êtes un ange; je suis, moi, un vilain jaloux, un fantasque, un butor. Mais vous me pardonnez, n'est-ce pas, puisque c'est l'amour qui me rend criminel; l'amour que j'éprouve pour vous, et que je sens chaque jour grandir.

— Repentez-vous, c'est cela, et demandez-moi pardon. Pour pénitence, vous allez m'offrir votre bras, et me mener au café d'Italie, où nous prendrons des glaces en attendant la gondole. Le temps est charmant, la nuit tiède, le lac séduisant; tout cela vous inspirera, et je vous chanterai à mesure les couplets de la chanson que vous ferez pour moi.

XII

M. de Blankenheim, nous l'avons dit, était volontiers absolu. Madame de Lansac, nature caressante et souple, cédait volontiers à ces caprices inflexibles, mais ce n'était pas toujours sans murmure, et quoiqu'elle eût pour lui trop d'affection pour ne pas lui obéir avec joie, elle se demandait cependant quelquefois la raison de ces humeurs chagrines ou de ces paroles dures.

Les femmes ont, en amour, cette supériorité immense sur les hommes, qu'il leur suffit d'aimer pour être toujours riantes, de bon accueil et de frais visage, tandis que les hommes, fussent-ils épris au delà des bornes, ne feraient jamais le moindre effort pour cacher à une personne aimée les ennuis qui

les tourmentent ou les mésaventures qui leur sont
advenues. Comme Adeline l'avait dit à M. de Blankenheim, l'amour, chez les femmes, passion pivo-
tale, prime absolument tout le reste; chez les
hommes, intérêt secondaire, c'est une distraction
recherchée, mais jamais dominante; pour les
femmes, c'est une façon d'être; pour les hommes,
une façon de se reposer; pour celles-là, c'est la
vie; pour ceux-ci, c'est le loisir.

M. de Blankenheim devait à sa première éducation et à ses premières habitudes certaines manières
d'être et d'agir singulièrement pénibles pour les
personnes de quelque valeur condamnées à vivre
avec lui. Très-riche et très-jeune, il avait été de
bonne heure entouré d'une foule de camarades
qui, en subissant toutes ses volontés, l'avaient habitué à se considérer comme tout permis. Toujours
le premier par le rôle joué, parce qu'il était le premier par l'argent, il en était arrivé, petit à petit,
à se croire sans rivaux possibles, n'importe sur
quel terrain, opinion que n'avait fait que corro-
borer davantage la vie de garnison, où sa jeunesse,
sa fortune, et sa bonne mine, étaient autant de re-

commandations péremptoires auprès des créatures dont messieurs les officiers sont dans l'usage de briguer les faveurs. Aussi, à force de scandales et de triomphes faciles, comme il en était arrivé à se blaser tant soit peu sur la vie de café et les bonnes fortunes de coulisses, se prenait-il, quand il y songeait, pour un être sacrifié et déclassé, plein de poésie et de cœur, et supérieur de mille piques à ses conquêtes d'un jour et à ses camarades de régiment.

La chose qu'il lui fallait surtout, c'était des spectateurs. Toujours en scène, il lui fallait autour de lui un petit monde dont il fût le centre de gravitation. On comprend que le charme intérieur de ses relations avec la comtesse, ne satisfît que très-imparfaitement l'impatience d'un homme ainsi habitué à se tenir en vue. De là ses mauvaises humeurs et ses tyrannies, quand il se croyait lui-même une victime.

Auparavant, il allait d'ordinaire, tous les soirs, aux promenades et dans les cercles où se réunissaient les jeunes gens. Auprès des beautés accessibles, thème ordinaire des conversations de cette compagnie frivole, qu'une aventure fût à essayer,

à la condition d'un peu de piquant et de beaucoup
de bruit, le capitaine s'y lançait infailliblement :
c'est même à une escapade de ce genre, qui avait
ému la susceptibilité de certain personnage, qu'il
devait l'espèce d'exil qui l'avait éloigné de Vienne.
Un détail qui ne servait pas peu à maintenir Paul
dans son excellente opinion de lui-même, c'était
les procédés et les attentions qu'il se piquait d'avoir
pour les femmes qui l'occupaient momentanément.
Ni plus ni moins que s'il se fût agi de femmes du
meilleur monde, il les comblait de bouquets et de
prévenances délicates. Grâce à ces attentions
mêmes et à ces délicatesses peu ordinaires, le
mystère transparent dont il voilait son bonheur
était bien vite deviné, on jalousait ses succès, et
Paul, qui n'en demandait pas davantage, songeait
dès lors à détrôner son idole, et à la chasser du paradis qu'il lui avait ouvert pour la rendre au hasard qui la lui avait prêtée.

Cette existence bruyante et vulgaire, la comtesse
ne s'en doutait point, quand un soir, à propos de
rien, par fatuité sans doute, et pour essayer jusqu'où
allait son empire, Paul se mit à la lui raconter en

détail. Elle l'écouta sans l'interrompre, comptant
avec effroi cette rapide succession de maîtresses
indignes, et se demandant si elle serait autre
chose qu'un anneau de plus ajouté à cette chaîne
légère. Cette idée la bouleversa. Quand Paul eut
fini sa narration, ne voyant pas remuer Adeline, il
la regarda plus attentivement, et la trouvant aussi
pâle que la broderie sur laquelle elle avait la tête
penchée, il se jeta à ses genoux, lui prit les mains
qu'il trouva glacées, et comprenant son imprudence, il s'efforça de la racheter par les protestations les plus ferventes.

— Voilà ce que j'étais, lui dit-il; mais quelle
différence d'aujourd'hui à ce temps-là! Ma conversion est votre ouvrage, c'est vrai; mais jamais
conversion ne fut plus complète. Je ne me reconnais plus depuis que je vous aime, c'est-à-dire depuis que je vous ai vue.

Adeline, d'autant plus facile à convaincre qu'elle
aimait davantage, prit les torts sur elle en s'accusant d'être trop impressionnable, et l'on con-
vint de ne plus parler du passé. C'était une fois de
trop. On pardonne, mais on n'oublie pas.

XIII

Un matin de septembre, comme la comtesse de Lansac venait d'achever sa toilette, Paul entra chez elle et lui demanda où elle se disposait à aller dans ce bel équipage.

— C'est la fête de Monza, répondit la comtesse; il y aura de la musique, des danses, des jeux de toute sorte : toute la ville y court, à ce qu'on m'a dit. Vous m'y mènerez, n'est-ce pas, mon ami? Pimpante comme me voilà, vous serez très-fier de m'avoir à votre bras et de faire nombre de jaloux.

— Je suis à vos ordres; mais avouez que les Parisiennes sont bien les créatures les plus frivoles

5

qu'on puisse rêver. Quelle rage de mouvement, de
foule et de bruit, pour aller se risquer dans des
cohues où l'on est froissé, heurté, secoué, et
où c'est le plus mince des inconvénients qu'un
pied écrasé et une toilette fripée! Vous n'espérez
pas danser? c'est d'une impossibilité absolue : les
jardins seront envahis, les terrasses jonchées. En
outre, vous vous trouverez au milieu d'un monde
que vous ne connaissez pas et qui, à son tour, se
demandera qui vous êtes. Voilà la curiosité éveil-
lée, et Dieu sait où l'on ira chercher les réponses
que l'on fera à cette intéressante question. Je vous
le répète, je me mets à vos ordres; mais si vous
étiez raisonnable, vous renonceriez à la fête de
Monza. Je dîne au cercle. Vous iriez demander à
dîner au chevalier Forcy, que vous négligez depuis
quelque temps. Quatre lieues en voiture vous fe-
ront une jolie promenade, et ce soir, à dix heures,
je viendrai vous demander une tasse de thé. Est-ce
convenu?

Adeline connaissait assez M. de Blankenheim
pour savoir qu'il fallait céder et accepter, sans les
combattre, les raisons bonnes ou mauvaises sous les-

quelles il cachait ses véritables motifs, s'il en avait.
Elle ne fit pas une objection, et il la quitta en lui re-
nouvelant la promesse de venir le soir à dix heures.

Quand la porte fut refermée sur lui, la comtesse
de Lansac se laissa tomber dans un fauteuil, son-
geuse et un peu triste. Préoccupée comme elle
l'était, elle ne voulut point aller chez le chevalier
Forcy; aurait-elle la force de parler d'autre chose
que de l'homme qui l'occupait exclusivement, et
réussirait-elle à donner le change à ce bon et ma-
lin vieillard, qui en savait plus qu'il n'en disait, et
qui n'avait point paru satisfait de cette subite liaison? Elle alla au jardin, où elle essaya de faire des
bouquets pour ses vases : elle manqua ses bouquets; elle essaya de broder : c'était quelque joli
brimborion destiné à Paul; elle emmêla les soies et
brisa ses aiguilles. Elle se mit à table, essayant de
manger; mais c'est à peine si elle put toucher à ce
qu'on lui servit. Rien ne lui réussissait. Sans savoir
pourquoi, elle avait le cœur serré, et dans ses yeux,
sans qu'elle en pût donner la raison, les larmes,
prêtes à jaillir, noyaient sa prunelle alanguie. Elle
se retira dans sa chambre, ouvrit un livre qu'elle

ne regarda pas, et là, blottie dans une causeuse,
en compagnie seulement de sa lampe et de son feu,
elle s'interrogea sur cette tendance non motivée
vers une mélancolie si persistante. Bientôt, oubliant
l'heure, elle se perdit dans ses pensées ; assaillie
par de vagues pressentiments, elle devinait de pro-
chaines amertumes dans cet amour dont jusque-là
l'expansion rayonnante avait fait oublier l'imprudence. Depuis que Paul, sûr d'être aimé, et certain de son influence toute-puissante, n'avait plus
d'inquiétudes sur les sentiments d'une femme dont
le cœur était dans sa main, il s'observait moins et
se laissait quelquefois aller à sa vraie nature. L'une
après l'autre, et comme un masque gênant, il déposait les prévenances attentives, les flatteries
caressantes, toutes choses qui tiennent tant de
place dans le bonheur d'une femme, et peu à peu
il se montrait dur, froid, égoïste, sec, réclamant
toute liberté et déclinant toute gêne. Déjà plusieurs fois, sur des observations maladroites ou
blessantes qui semblaient contenir un blâme in-
direct, la comtesse s'était demandé ce qu'elle
avait à attendre d'un caractère si étrange ; mais

toujours ramenée par son cœur, elle avait donné aux mots les moins pardonnables des explications satisfaisantes pour elle seule, mettant sur le compte du hasard ou d'un malentendu, des phrases dont le sens évident était de froisser ses susceptibilités comme femme et surtout comme Française. Paris, en effet, avait surtout l'honneur d'exciter la verve railleuse de M. de Blankenheim, et c'est à l'éducation française qu'il s'en prenait de tout ce qui pouvait arriver de mal dans la société. La comtesse ne répondait pas, mais elle souffrait de cette guerre intestine, et tout en s'accusant de prêter à des plaisanteries un sens qu'elles ne pouvaient pas avoir, la confiance s'échappait goutte à goutte de son cœur blessé en plusieurs endroits, et faisait place à ce découragement profond qui jetait un crêpe sur ses pensées.

Paul, lui, ne s'apercevait pas du changement dont il était cause. Il croyait la comtesse heureuse, par lui, autant qu'elle pouvait l'être. Il est vrai que par une de ces délicatesses dont les femmes sont seules capables, sachant qu'il n'aimait ni la tristesse ni les doléances sentimentales, elle lui épar-

gnait le spectacle de ses angoisses, et se faisait, en
sa présence, la phrase et le visage gais, l'accueil-
lant avec un sourire et lui témoignant une affection presque joyeuse.

Ce jour-là, la comtesse y mit de l'héroïsme. —
J'y vois mal, se dit-elle, et c'est moi qui ai tort.
Avant de l'avoir rencontré, qu'est-ce que je faisais
de ma vie? Des bals, des fêtes, des bavardages, des
toilettes, des triomphes contestés, des rivalités hai-
neuses, des lendemains fatigués. Depuis que je le
connais, au contraire, l'émotion a remplacé l'indifférence, la passion a succédé à l'ennui. J'en
souffre quelquefois... Eh bien ! souffrir c'est encore
vivre, et mieux vaut souffrir que bâiller. — Paul
était remonté sur son piédestal. Elle l'attendait
avec impatience.

Onze heures sonnèrent, puis vint minuit. Pas un
bruit dans la ville, sinon le pas régulier des pa-
trouilles et le qui-vive des sentinelles. Adeline se
coucha, grelottante ; la veille prolongée donne
froid, et rien de navrant comme une attente
trompée.

Le lendemain matin, la comtesse n'avait pas

encore sonné sa femme de chambre, que celle-ci
parut, une lettre à la main. On venait de l'appor-
ter et on attendait la réponse. Elle l'ouvrit préci-
pitamment, croyant à quelque catastrophe.

« Plaignez-moi, chère Adeline, d'avoir passé la
» soirée loin de vous. J'avais déjà mon manteau
» sur les épaules, quand, en lisant le journal, je
» me suis endormi, et le domestique ne m'a ré-
» veillé qu'à minuit. J'ai été fou de désespoir et je
» le suis encore, en songeant à votre inquiétude
» et à vos soupçons peut-être. Je serai libre à
» midi, et je courrai à cette heure-là implorer
» mon pardon. Mais en attendant, de grâce, écri-
» vez-moi que vous ne m'en voulez pas. A bientôt.
» Toujours à vous, à vous seule.

» Paul de Blankenheim. »

Adeline respira en voyant s'envoler les inquiétudes qui avaient tourmenté sa veille et troublé sa
nuit. Elle sourit à ces quelques lignes qui sem-

blaient écrites avec sincérité, et elle y répondit
aussitôt.

« Ne vous tourmentez pas, mon ami. Hier, en
» vous attendant, j'ai souffert, c'est vrai ; j'étais
» déraisonnable, comme une femme qui aime ;
» aujourd'hui, après votre bonne lettre, je suis
» heureuse, comme une femme qui est aimée.
» Arrivez-moi bien vite, et croyez à l'amour de
» celle qui vous a donné tout son cœur.

» Adeline. »

XIV

Par une belle matinée du mois d'octobre, la voiture de voyage de la comtesse de Lansac fut amenée dans la cour de la villa, et c'était autour d'elle une continuelle allée et venue de domestiques attachant les malles, bourrant les coffres, secouant les coussins et nettoyant la caisse. Une lettre, reçue de Nice la veille, appelait la comtesse auprès de sa sœur malade, et elle devait partir le jour même.

Madame Berthe Paoli, plus âgée de six à sept ans que madame de Lansac, avait jusque-là remplacé auprès d'elle toutes les attaches qui manquaient à sa vie. Veuve depuis longtemps déjà, et n'ayant jamais eu d'enfant, la comtesse avait trouvé chez sa

5.

sœur l'affection et les liens de famille qui sans elle
lui auraient totalement manqué. Madame Paoli,
forcée de quitter Paris pour un climat plus doux,
était venue depuis quelques années habiter Nice,
ce refuge des santés affaiblies. Elle n'était pas sans
inquiétude sur le compte de sa sœur, restée seule,
et si jeune, en butte aux séductions du monde;
aussi cherchait-elle avec soin, dans la longue correspondance qu'elle en recevait chaque semaine,
la trace d'une peine ou d'une passion; mais Adeline ne parlait que fêtes et que chiffons, et elle
avait si vaillamment résisté au concert de séductions dirigé contre elle, qu'à la fin Berthe, rassurée, ne s'en inquiétait même plus. Le moyen, en
effet, de penser qu'une nature assez fortement
trempée pour résister, plusieurs années durant,
aux prestiges entraînants de Paris et de son
monde, viendrait échouer sur un écueil perdu des
rives du lac de Côme!

Il était onze heures à peine, quand la comtesse,
vêtue en amazone, descendit le perron de la villa.
Elle sauta à cheval, et sans même jeter un coup
d'œil sur les préparatifs qui se faisaient par ses

ordres, elle prit à droite, par le faubourg, le chemin qui conduisait à la montagne.

Paul la rejoignit bientôt, à cheval lui aussi.
Était-ce le prochain départ d'Adeline? était-ce le
résultat des froissements ou des lassitudes que
rencontrait leur amour? mais ils semblaient tristes
tous deux, et comme s'ils eussent également re-
douté les entraînements d'une conversation, ils
suivaient le même chemin, sans mot dire, Adeline
caressant le cheval de Paul, qui tournait vers elle
son œil intelligent, comme pour la remercier.

Paul rompit enfin le silence.

— Nous avons été trop heureux, dit-il, pour ne
pas compter nous revoir. Quant à moi, je ne con-
sidère cette séparation que comme une épreuve de
nos sentiments. Seulement, vous qui savez mes
susceptibilités, peut-être excessives, en ce qui tou-
che le monde et la coquetterie, promettez-moi de
les ménager. Tout en applaudissant des deux
mains, la société attaque en secret celles qui vi-
sent trop exclusivement aux succès, et vous me
devez maintenant d'éviter tout ce qui peut prêter
au commérage ou au blâme.

— Vous oubliez un peu trop vite, mon ami, pourquoi je pars, et ce que je vais faire à Nice. Berthe a besoin de mes soins; vous savez combien je l'aime, vous à qui j'ai confié le secret de toutes mes affections; vous devez donc comprendre qu'il ne s'agit pour moi ni de coquetterie, ni de fêtes, ni de succès. D'ailleurs, je vous aime trop pour ne pas être sûre de moi. Je puis donc tout vous promettre, bien certaine que mes engagements seront tenus scrupuleusement. Ce qui m'inquiète, il faut bien que je vous le dise à mon tour, c'est votre nature impatiente et le souvenir de vos confidences. Vous ne supportez pas l'absence, vous me l'avez dit vingt fois. Où vous retrouverai-je? Quand? Comment? Vous retrouverai-je seulement?

— Soyez sans crainte, ma bien-aimée. Le sentiment que vous m'avez inspiré est de ceux qui ne s'oublient pas si vite. La preuve en est dans la désolation que me fait éprouver la pensée de votre départ. Cependant, pour tout prévoir, si j'étais, de manière ou d'autre, entraîné à nouer d'autres relations, je vous l'écrirais avec franchise, autant par respect pour vous-même, que pour ne pas avoir à rougir devant vous. Voilà qui est convenu ; mais ne nous étendons pas davantage sur une hypothèse invraisemblable.

On était arrivé, par un chemin étroit, en vue d'une jolie villa, assise à mi-côte d'une montagne boisée. C'est là que demeurait le chevalier Forcy, ce vieil ami de la comtesse, que nous connaissons déjà, et qui s'était laissé séduire, comme tant d'autres, par sa bonne grâce et son bon accueil.

Le capitaine tendit la main à la comtesse.

— A tantôt, lui dit-il. Nous irons ensemble jusqu'à Milan.

Et il s'éloigna au galop.

Dans les premiers temps de son séjour à Côme, Adeline allait trois fois par semaine déjeuner chez le chevalier. C'était une fête pour lui et pour elle. Elle aimait ce beau vieillard, dont d'abondantes boucles grises encadraient le visage bienveillant, tandis que ses yeux clairs et interrogateurs dénotaient chez lui une perspicacité peu commune. Mais aussi discret que fin, il savait se faire aimer plutôt que se faire craindre. La comtesse, d'ail-

leurs, était son enfant gâtée, et il n'avait jamais eu
de sévérités pour elle. Il l'aimait pour sa jeunesse,
pour son esprit, pour sa beauté. Elle lui rappelait
des souvenirs envolés depuis longtemps. Homme
distingué d'ailleurs, sous toutes faces et de toutes
pièces, si la comtesse lui prêtait son charme, à son
tour il prêtait à celle-ci l'expérience d'une vie déjà
longue, ce qu'il avait appris dans de curieux voyages, et le résultat de la pratique d'une société toujours choisie et quelquefois illustre.

Le chevalier reçut madame de Lansac avec une
joie affectueuse et sincère.

— Asseyez-vous, ma belle comtesse, lui dit-il,
et demandez-moi pardon de vos torts, car vous
m'avez fort négligé, depuis un mois bientôt que je
ne vous ai vue. Mais, du moins, êtes-vous heureuse? et est-ce à l'égoïsme de vos félicités que je
dois me plaindre de votre oubli?

— Oui et non, mon ami; je pars ce soir pour
Nice, où me réclame ma sœur malade; et je n'ai
pas voulu quitter Côme sans vous faire mes
adieux.

— Oui, c'est adieu qu'il faut dire, répondit tris-

tement le vieillard. Autrefois, en quittant un ami,
j'avais l'espérance de le revoir; mais à présent...

— Voyons, chevalier, qu'est-ce que c'est que ces
idées-là?

— Vous avez raison. Parlons de vous plutôt.
Vous ne m'avez pas tout dit, mon enfant. Oui et
non, m'avez-vous répondu tout à l'heure, quand
je vous demandais si vous étiez heureuse. A vous
parler franchement, je vous trouve pâlie. Le bonheur côtoie les larmes quelquefois...

— Et il finit par s'y noyer! répondit Adeline
éclatant en sanglots.

— C'était donc vrai! juste Dieu! Moi qui tous les
jours voulais aller en causer avec vous, — car on
m'a tout dit, ma chère comtesse. Ce n'est pas dans
une petite ville comme la nôtre qu'une femme de
votre distinction pouvait espérer d'échapper à la
médisance et aux bavardages. Mais encore, où en
êtes-vous avec M. de Blankenheim, qui, si j'en crois
vos larmes, ne me semble pas très-digne du trésor
qui lui est tombé en partage?

— Je l'aime, ou plutôt je l'aimais... Mais non,
je l'aime encore, malgré que le doute ait commencé

d'ébranler ma confiance, et chez moi, l'amour, c'est la croyance ; si je ne puis plus croire en lui, je ne pourrai bientôt plus l'aimer.

— Pauvre enfant ! une âme si tendre ! un cœur si riche ! Voilà ce que je craignais. Vous devez souffrir, car les illusions, en s'évanouissant, enlèvent à l'amour son prestige, mais ne détruisent pas un sentiment qui désormais ne se trahira que par la douleur. Je ne connais pas M. de Blankenheim ; mais d'après ce qu'on m'en a dit, c'est tout votre antipode. Joli homme, il s'en préoccupe exclusivement ; sa vanité ignorante aime mieux nombrer que choisir, et il ne met pas beaucoup de différence entre un cœur qui s'est donné à lui, et une préférence qu'il a achetée et payée. La vie de garnison, voyez-vous, devient la perte des natures médiocres qu'envahissent la paresse et le désœuvrement. Plus de délicatesse pour eux, ça les écrase ; plus de distinction, ça les gêne : ils préfèrent aux jouissances élevées les plaisirs vulgaires qui ne leur imposent aucun devoir. Plus âgée que M. de Blankenheim, supérieure à lui de toutes les manières, un attachement de la part d'une femme de votre valeur

au profit d'un étourdi de sa trempe, est plus que déraisonnable, il est incompréhensible. Voyons, comtesse, avez-vous du courage? Comme il n'y a qu'un
parti à prendre, il n'y a qu'un mot pour vous le
dire. Puisque l'occasion se présente de vous séparer
de M. de Blankenheim, il ne faut jamais le revoir.
En aurez-vous la force?

Adeline, suffoquée par ses larmes, n'osa ni répondre ni lever les yeux sur le chevalier, de la part
duquel elle n'était point habituée à des paroles si
sévères; mais au bout de quelques minutes, au
moment de prendre congé, elle se jeta dans ses
bras, mouillant de ses pleurs la poitrine du vieillard, et le remerciant de son bon conseil, sans tou-
tefois lui promettre de le suivre. Le chevalier sonna
pour demander le bouquet que la comtesse em-
portait d'ordinaire à l'issue de ses visites chez lui,
et le lui remettant :

— Ah! chère comtesse, lui dit-il, si j'avais
eu trente ans de moins!

Cette naïveté fit sourire Adeline sous ses larmes.

Quand elle fut partie, et que le chevalier, qui la
suivait des yeux, la vit s'enfoncer au galop dans le

chemin creux qui conduit à Côme, il ferma sa
fenêtre, essuya une larme à son tour, et reprenant
sa place dans son grand fauteuil, il se mit à feuille-
ter lentement les souvenirs qu'évoquait dans sa
mémoire cet épisode d'amour qui venait de se-
couer la passion dans ce cabinet tranquille où,
après bien des orages, il était venu abriter sa vieil-
lesse. Il fallut que son domestique vînt à trois re-
prises lui annoncer que le dîner était servi, pour le
faire sortir de ses réflexions.

A peine de retour à la villa, la comtesse partit
pour Milan. Paul l'accompagna. En une heure ils
furent arrivés. Peu d'instants après, les postillons
faisaient résonner de leurs fanfares à coups de
fouet la cour de l'Hôtel de France. Paul tenait la
main d'Adeline.

— Si vous m'aimez, ne m'oubliez pas, lui
dit-il.

— Souvenez-vous de ce que vous m'avez promis,
répondit la comtesse, et lui serrant la main une
dernière fois, elle s'élança en voiture, et donna le
signal du départ.

Pendant les longues heures de ce long trajet,

affaissée dans un coin de sa berline, elle re-
mua si peu, que le valet de pied qui s'était plusieurs fois approché pour lui demander des ordres,
n'osa lui parler, la croyant endormie. D'un côté,
son amour pour Paul, amour troublé, mais toujours vivant; de l'autre, les observations du chevalier Forcy, si cruelles dans leur froide raison, et
bien nécessaires cependant, puisqu'il s'était cru
dans l'obligation de les faire, lui, si indulgent et
si bon !

A peine si elle s'arrêta à Gênes, quoiqu'elle fût
brisée par la fatigue d'un voyage consécutif de dix-
huit heures. De Gênes à Nice, il fut moins pénible.
Elle ne connaissait pas le chemin de *la Corniche*,
une succession de sites enchanteurs. Partie de Gênes le soir, la lumière reposante de la lune, glaçant
de tons harmonieux les feuillages et les terrains,
adoucit insensiblement l'acuité de ses impressions;
de sorte que, partie en proie à des angoisses folles,
le calme de la nuit et la tranquillité des paysages
successifs qui se déroulaient sous ses yeux, les
changèrent en une mélancolie douce et résignée.
Ainsi se passent les choses dans les organisations

où l'imagination joue le premier rôle ; elle exalte toutes les douleurs, mais elle sait les distraire toutes et les charmer quelquefois.

Au lever du soleil, madame de Lansac traversait Nice pour gagner le quartier anglais, et sa voiture s'arrêtait devant une des belles résidences qui bordent la plage, résidence habitée par madame Berthe Paoli.

XV

Après le départ de la comtesse, le capitaine était revenu séul à la villa Galietta. Cette maison, la veille encore si vivante et si bruyante, maintenant silencieuse et morne, lui fit comprendre le vide et l'isolement que le départ d'Adeline avait fait dans sa vie. S'il arrive quelquefois de passer sans changement apparent de l'indifférence à l'amour, il n'arrive jamais, sans un déchirement profond, de rester seul dans les lieux mêmes où l'on a vécu deux, savourant une affection devenue peu à peu, et sans que l'on s'en doutât, une habitude et une nécessité. Il avait beau faire et se dire qu'elle était partie, malgré lui Paul courait les allées du jardin et regardait aux fenêtres, croyant toujours l'y rencontrer comme autrefois, comme hier encore, l'attendant pour lui sourire, et dans ce sourire-là, lui envoyer tout son cœur et toutes ses pensées. Plus personne, plus rien! Paul se sentit mal à l'aise; le spleen l'envahissait. Pour se distraire, il fit conduire ses chevaux sur le champ de manœuvres, se fatigua à les fatiguer jusqu'à la nuit noire, alla dîner, alla au club, et rentré le plus tard possible, essaya en vain de dormir. Toujours le fantôme cher et charmant de la comtesse de Lansac, et à côté de ce fantôme, au moment où il s'élançait pour s'en rapprocher et pour le saisir, la silhouette de la villa déserte, fenêtres closes et balcon vide, ce balcon ami sur lequel la comtesse passait toutes ses matinées! -

Le lendemain, n'y tenant plus, Paul avait quitté Côme, et était allé prendre ses quartiers d'hiver à Vérone, dans l'espérance que le changement de place lui fournirait quelque distraction. La première fois qu'il parut à l'Opéra, ses camarades lui firent fête; mais on le trouva changé, triste : on le questionna sur sa villégiature; mais pas un, malgré l'indiscrétion si naturelle à la jeunesse, n'osa

prononcer le mot qui était sur toutes les lèvres.
Malgré que le bruit eût couru de sa liaison avec le
capitaine, trop de respect s'attachait encore au
nom de madame de Lansac, et pas un de ces jeunes
gens n'eût osé le prononcer légèrement.

On se renseigne vite au théâtre. Avant la fin du
spectacle, Paul était au courant de toutes les anec-
dotes et de toutes les jolies personnes. Les propos
mordants du jeune état-major s'attaquaient à tous
et à toutes, et leurs lorgnettes effrontées allaient
chercher d'un bout à l'autre du théâtre le prétexte
vrai ou faux à des critiques virulentes ou à des
éloges offensants. Mais ils avaient beau redoubler
de verve en l'honneur de leur ancien chef de file
sur le terrain des propos légers et des entreprises
hardies, Paul demeurait silencieux et grave, faisant semblant d'écouter la pièce pour n'être pas
obligé de répondre. On l'emmena souper; il se
laissa faire : les vins de Champagne et du Rhin
eurent enfin raison de son obstination de tristesse,
et quand il rentra chez lui, vers le matin, il fredon-
nait des couplets mis en vogue par les étudiants
d'Heidelberg.

Une fois rentré dans la phase interrompue de
son ancienne vie, Paul redevint ce qu'il était autrefois, le boute-en-train de toutes les fêtes et le
héros de ce demi-monde où le cœur sert de prétexte au désordre, et où l'amour n'existe qu'à la
condition de plaisir. Les soupers se succédèrent, et
avec eux les aventures ; il organisa des bals en
l'honneur d'une actrice dont il avait daigné soutenir
les débuts : jamais Vienne ne l'avait connu plus fou,
jamais ses amis ne l'avaient trouvé si brillant. Le
vrai motif de cette dilapidation de son temps, de
sa fortune et de sa santé, c'était la nécessité pour
lui de s'étourdir et d'oublier. Parfois il y réussissait, et plusieurs jours s'écoulaient sans qu'il pen-
sât à autre chose qu'à des chansons nouvelles et à
du vieux vin ; mais d'autres fois une circonstance
fortuite, l'isolement, la pluie, une lecture, lui faisaient trouver bien longs et bien tristes ses lendemains d'orgie Il était agacé, nerveux, souffrant,
la fièvre le gagnait, et il restait chez lui, ne voulant voir personne, et retrouvant, dans ce demi-
sommeil que nous donne l'immobilité, le fantôme
charmant de la belle madame de Lansac. Dans

cette tête pâle et sympathique, dans ce regard profond et doux, il retrouvait la pensée de cet amour
dévoué, complet, réparateur, qui l'avait arraché,
lui, aux fanges dans lesquelles il était retombé
depuis, et qui l'avait compromise, elle, en raison
directe de la vie détestable qu'il avait menée si
longtemps. — Reviendrait-elle? La reverrait-il? —
Malgré que tout dût le lui faire croire, il s'en sentait tellement indigne, qu'il n'osait y compter, et
que c'est à peine, malgré ce culte sincère rendu à
un souvenir, s'il répondait quelques lignes aux
lettres que lui écrivait la comtesse. Il se rappelait
l'accueil qu'elle avait fait un soir à ses confidences,
et d'un côté, ne voulant pas mentir, de l'autre, ne
voulant plus courir un pareil risque, il était bientôt
au bout des banalités sans valeur derrière lesquelles
on se retranche quand on veut ne rien dire et avoir
l'air de tout confesser. Dans les commencements de
son séjour à Nice, madame de Lansac avait écrit
plusieurs fois; ses lettres, confiantes et résignées,
racontaient simplement sa vie simple, et si l'ennui
de l'absence perçait quelquefois dans une phrase
rebelle, c'était sans affectation et sans plainte. Cette

femme, réellement distinguée, savait supporter avec
un grand courage une séparation douloureuse.

Il y avait déjà quelque temps que Paul n'avait
reçu de nouvelles d'Adeline, et il songeait à lui
écrire, quand un soir, en rentrant chez lui, son
groom lui remit un billet de M. Ohlan. Il le préve-
nait que sa femme et lui étaient à Vérone pour
quinze jours, et le priait de venir leur faire compagnie à ses moments perdus.

En lisant ce billet, qui lui rappelait ensemble le
quiproquo de la lettre, les inquiétudes de la comtesse, et la promesse qu'il lui avait faite, il ne put
s'empêcher de sourire. — Promesse inconsidérée,
pensa-t-il; mais, bah! tout en aimant Adeline, je
ne puis pourtant pas vivre absolument comme un
ours, et une visite à madame Ohlan ne m'expose
qu'à des dangers d'autant plus faciles à conjurer,
qu'ils sont depuis longtemps prévus.

Le lendemain, sans plus tarder, il déposait sa
carte chez M. Ohlan.

XVI

L'hiver promettait. La princesse Mona donna le
signal des fêtes par un bal qui dépassa tout ce que
l'on avait encore vu à Vérone de luxe et d'élégance.
Paul y assistait nécessairement. Il y rencontra
madame Ohlan, qui depuis une semaine qu'elle
était à Vérone, le poursuivait d'invitations à de
prétendues soirées où, chaque fois qu'il se présentait, il la trouvait seule. Il ne lui sut pas le gré
qu'elle aurait voulu de ces provoquants tête-à-
tête. Au bal, comme le capitaine, après un tour de
valse avec une jolie personne, revenait vers madame Ohlan à laquelle il avait promis un cotillon,
elle lui demanda, sans autre préambule, où il en

était avec la belle créature qu'il venait de faire valser, — car, ajouta-t-elle, si je me souviens bien, vous ne l'avez pas quittée, ce printemps dernier, pendant la semaine des courses ?

— Vous vous êtes étrangement trompée, madame, répondit-il ; jamais je n'ai songé autrement à cette jeune femme, que j'ai connue enfant, et pour laquelle mon amitié sera toujours à l'abri du soupçon. Mais (indiscrétion pour indiscrétion) me sera-t-il permis de vous demander quel intérêt vous porte à pénétrer mes secrets, si j'en ai, et à m'adresser de si singulières questions ?

La dame rougit, baissa les yeux, se cacha derrière son éventail ; puis, au bout d'un silence d'une minute, fixant sur lui un regard étincelant :

— Cherchez dans vos souvenirs, dit-elle, rappelez-vous comment je vous ai connu, et après cela, devinez !

Paul devinait trop bien ; mais, étonné de tant d'audace et curieux de savoir comment elle sortirait d'une situation si délicate, il fit semblant de réfléchir, et lui avoua bientôt qu'il n'avait gardé d'elle d'autre souvenir et d'autre impression que ceux de son amabilité et de la bienveillance avec laquelle elle l'avait accueilli.

Soit que madame Ohlan le crût sincère dans sa réponse, soit qu'elle supposât le moment bien choisi pour frapper un grand coup, soit que la passion triomphât chez elle au point de lui faire oublier toute réserve, sans plus attendre, sans autre transition, sans même chercher à adoucir par la retenue du langage ce qu'une confession semblable renferme de singulier et de hardi, elle lui fit l'aveu de son amour pour lui, et cette barrière une fois franchie, se laissant entraîner à des confidences sans terme, elle lui raconta ses luttes, ses espérances, ses rêves, ses désespoirs, ses larmes, les joies que lui avait causées sa lettre, son bonheur en le revoyant, etc., etc., finalement sa résolution de tout lui dire, résolution devant laquelle elle reculait depuis huit jours, comme on recule devant un abîme, où à la fin cependant le vertige nous entraîne, et dans lequel on tombe, la tête en feu et les yeux fermés.

Paul écoutait, troublé d'abord, bientôt séduit, enfin enivré par le langage brûlant de cette pas-

sion folle, et s'accusant en lui-même de tant de
peines et d'ennuis qu'il avait causés.

Il sortit du bal, ébloui ; mais quand la fraîcheur
d'une nuit d'hiver eut calmé son sang et éteint
les feux d'artifice du langage et des yeux de l'ardente sirène, songeant à la comtesse de Lansac et
à sa jalousie d'instinct contre madame Ohlan, et
comprenant l'impossibilité de mener honorable-
ment de front cette double intrigue, il se demanda
laquelle il aimait davantage, et résolut en conséquence de ne pas faire un pas de plus dans le
chemin où l'on semblait vouloir l'entraîner.

Dans la journée, il reçut de madame Ohlan un
billet qui l'invitait à venir passer la soirée. — «Mon
mari sera absent, » disait le billet. Il n'y avait pas
à reculer. Paul répondit :

« Je m'avoue vaincu, madame, et je demande
» grâce à vos pieds. Je suis fou, subjugué, entraîné
» par vos charmes ; mais dans le peu de lucidité
» que votre souvenir me laisse, je me rappelle que
» des promesses sacrées me lient à une femme que
» j'ai beaucoup aimée. Elle s'est confiée à moi, et

» j'ai, vis-à-vis d'elle, des obligations de reconnais-
» sance qui me font un devoir de lui épargner tout
» chagrin dont je sois la cause. Je dois et je veux
» lui rester fidèle, alors même qu'elle ignorerait
» l'immensité du sacrifice que je lui fais aujour-
» d'hui. Plaignez-moi, madame, et gardez-moi
» votre amitié, puisque je ne suis pas en position
» de réclamer davantage.

» PAUL DE BLANKENHEIM. »

Une heure après, second billet.

« Je vous remercie de votre franchise et j'ap-
» précie votre loyauté. Donnez-moi une preuve
» d'estime et de bonne amitié en venant chez
» moi ce soir, quand même. Il m'en a coûté,
» sans doute, pour réprimer des sentiments bien
» chers, mais le sacrifice est fait, et il ne sera
» plus question entre nous de ce passé si récent et
» déjà si loin. A ce soir, donc ; je compte sur vous.

» FRÉDÉRIQUE. »

Il resta longtemps indécis, se demandant quel serait le résultat de cette soirée. Peu crédule, il n'avait pas grande foi dans la puissance des principes, et les savait, par expérience, parfaitement insuffisants vis-à-vis d'une passion comme celle que madame Ohlan lui avait fait pressentir. D'un autre côté : « Je suis bien fou, pensait-il, de me » tourmenter sottement à deviner des rébus dont » je saurai le mot dès ce soir. Vis-à-vis de ma- » dame Ohlan, comme vis-à-vis de la comtesse, je » me suis loyalement conduit, et pas une n'a de » reproche à me faire. Si la situation est difficile, » ce n'est point ma faute. Que de fois on joue » son avenir au petit bonheur ; on peut bien une » fois y jouer ses amours. Après tout, rien ne me » prouve que madame Ohlan... Et, ma foi ! si je » n'y allais pas, ce serait aussi, de ma part, par » trop de fatuité. »

Le sort en était jeté. Il y alla. Il la trouva seule, au coin du feu, pelotonnée comme une chatte au fond d'une bergère. Elle le reçut avec un laisser-aller plein d'abandon, lui demanda les nouvelles, lui parla d'un concert où il devait chanter, tout

cela d'un air en apparence indifférent, mais avec
de réelles coquetteries de regard et de pose, rou-
lant et déroulant ses cheveux qu'elle avait beaux, et
montrant son pied, dont elle était vaine. Quand tout
cela fut dit et fut fait, changeant subitement de langage et de ton, elle s'apitoya sur le malheur d'être
femme, et comme M. de Blankenheim, surpris,
lui en demandait la raison, elle prit thème de cette
question pour raconter ses prétendues infortunes.
Tout naturellement, l'histoire de son amour pour
Paul trouva sa place dans cette élégie; elle s'accusa
d'abord de lui avoir étourdiment livré le secret de son
cœur; puis, bientôt entraînée, grisée par ses propres paroles, elle s'oublia tout à fait, et lui fit en
sanglotant une déclaration passionnée. Paul, déjà
indécis, n'avait ni la volonté ni la force de résister à
cette femme éperdue; c'était l'occasion elle-même
qui, loin de se faire attendre, lui sautait à la gorge
et voulait être saisie par lui; il s'oublia à son tour
comme madame Ohlan s'oubliait elle-même, et il
ne fut pas plus question de résistance qu'il n'avait
été question d'entreprise.

Pendant les huit jours qui suivirent, ce fougueux

6.

délire ne fit que s'accroître, et madame Ohlan
n'était pas femme à laisser fuir les occasions. Aussi,
quand vint l'heure du départ, ne pouvant admettre
l'idée d'être séparée de son amant, balança-t-elle
un instant si elle demeurerait à Vérone, ou s'il la
suivrait à la campagne. Paul, non sans peine, lui
démontra l'impossibilité de cette alternative, et finit
par la calmer à force de promesses et de serments.

En le quittant, elle lui donna une fleur, « sym-
bole de candeur, » dit-elle, et en même temps un
faux nom pour les lettres qu'il avait promis de lui
adresser. Par une singularité étrange, plus une
femme est perdue de réputation, et a passé sa vie
à nouer et à dénouer des intrigues, plus elle exige
de ses amants du mystère et de la discrétion. —
Croiraient-elles, par là, leur inspirer un peu de ce
respect qu'elles savent bien ne plus mériter?

XVII

Les choses en étaient là, et la correspondance
marchait son train entre les deux amants, exaltée
de la part de madame Ohlan, plus que tiède de la
part de M. de Blankenheim, quand ce dernier reçut
une lettre de la comtesse.

Elle lui mandait que sa sœur, étant en pleine
convalescence, et ses soins lui devenant désormais
à peu près inutiles, elle quittait Nice pour retourner
à Paris, mais que ne pouvant se décider à rentrer
en France sans l'avoir revu, elle avait tracé son iti-
néraire par Vérone. — « Mon cher Paul, ajoutait-
» elle, mon absence s'est prolongée, et les absents

» ont tort, dit le proverbe ; mais je sais aussi cette
» maxime, que je vous apprendrai :

« L'absence est à l'amour ce qu'est au feu le vent,
» Il éteint le petit, il attise le grand.

« Pourquoi donc ne compté-je pas assez sur
» vous, pour que votre pensée ne puisse s'éveiller
» en moi libre de craintes et de défiances? Est-ce
» votre faute, ou est-ce la mienne? Dans tous les
» cas, répondez-moi avec franchise. Si vous aimez
» une autre femme, Vérone n'est pas sur ma
» route, rappelez-vous-le, et sans compter la peine
» que me ferait cette découverte, je ne voudrais
» pas imposer, même à une rivale, les souffrances
» de la jalousie. Donc, si je ne dois point aller à
» Vérone, dites-le-moi, vous avez le temps. Vous
» pouvez m'écrire à Nice, jusqu'au 8, et jusqu'au
» 10, à Gênes, *Hôtel de la Croix de Malte.*
   » Votre silence signifiera que vous m'attendez,
» et dans ce cas, je vous recevrai le 12 au soir,
» chez madame Floriani, qui a bien voulu mettre
» chez elle un appartement à ma disposition. »

La lecture de cette lettre mit Paul dans un embarras cruel. — Écrire à Adeline qu'il ne l'aimait plus ? C'était dur et blessant, et d'ailleurs ce n'était pas vrai. — Lui avouer son infidélité ? Après toutes les promesses échangées, c'était un aveu par trop humiliant de légèreté misérable. D'un autre côté, rompre avec madame Ohlan ? Encore fallait-il un prétexte, et la chose, au point où en était arrivée l'exaltation de la belle, ferait un éclat diabolique. M. Ohlan était un homme parfaitement honorable et honoré, et Paul ne se souciait point de se le mettre à dos, dans une province où ses relations en faisaient un personnage considérable.

Ne pouvant se résoudre à rien, « la nuit porte conseil, » pensa-t-il, et il remit au lendemain à prendre une détermination.

Pendant la nuit, il réfléchit que la comtesse de Lansac ne devait faire que traverser Vérone ; qu'à peine elle y resterait huit ou dix jours avant de retourner à Paris ; qu'une fois à Paris, quand il la reverrait, il y avait mille à parier contre un que madame Ohlan ne serait plus là pour se mettre à la traverse de ses amours, et qu'en attendant, ce

ne serait qu'une affaire de correspondance. Il réfléchit aussi que le ministre pourrait bien lui refuser le semestre qu'il avait demandé, et que dans
ce cas-là, forcé de rester en Italie, madame Ohlan
était bien faite pour l'aider à prendre patience;
que sa liaison avec elle n'était ni gênante, ni exclusive, puisqu'elle vivait à la campagne une partie
du temps, et qu'à tout prendre, s'il pouvait trouver
mieux, il pourrait aussi trouver pis.

Le lendemain se passa, et le second jour, et le
troisième, sans qu'il eût pris de résolution et sans
qu'il eût écrit. Ainsi arriva le 12; le soir, en
rentrant de l'Opéra, il trouva chez lui un billet qui
lui apprit que la comtesse était arrivée, et qu'elle
l'attendait.

Il y courut. Adeline était gaie, charmante, em-
bellie par la vie reposée qu'elle avait menée à Nice,
et aussi peut-être par le plaisir de revoir M. de
Blankenheim. Tout la rendait plus séduisante.
Jusqu'à son négligé de cachemire blanc, qui prêtait des grâces de plus à sa figure pâle encadrée
de ses beaux cheveux blonds! Paul était enchanté,
en la retrouvant on eût dit qu'il retrouvait aussi

les meilleurs sentiments de ses plus belles heures
à la villa Galietta.

Elle le reçut avec confiance. Le bonheur rayon-
nait autour d'elle. Paul, éperdu d'amour, se laissait aller sans résistance au bien-être ineffable
d'une réunion si appréhendée cependant. Il ne se
lassait pas de la regarder, de lui demander si elle
l'aimait toujours; il lisait avidement dans ses yeux,
pur miroir de son âme, le contentement qu'elle
éprouvait à le retrouver plus épris d'elle qu'elle
n'avait osé l'espérer.

L'expression de ce bonheur calme leur prêtait à
l'un et à l'autre une grande séduction. Jamais ils
ne s'étaient sentis poussés si sympathiquement
l'un vers l'autre, jamais ils ne s'étaient tant aimés.

— Vous rappelez-vous ces deux vers sur l'absence? lui dit-elle. Ils avaient raison. L'épreuve
nous a réussi. Il me semble que d'aujourd'hui seulement vous m'aimez comme j'ai désiré l'être, et que
je compte pour quelque chose dans votre cœur et
dans votre vie. Il s'est opéré en vous, mon ami,
un changement tout à mon avantage, et qui me
rend fière. On dirait qu'un événement quelconque,

ouvrant subitement vos yeux à la vérité, vient de vous révéler à vous-même la supériorité de vos sentiments pour moi, ou, — ce qui me paraît impossible, ajouta-t-elle en souriant, — qu'un remords a rattaché plus étroitement entre nous le lien que vous auriez essayé de dénouer.

A ces paroles, dont elle ne comprenait pas toute la portée, Paul se rapprocha d'elle, la fixa d'un regard profond, et tombant à ses pieds, il lui dit :

— Puisque la délicatesse exquise de votre instinct, développant en vous comme une seconde vue, vous a si bien fait définir ce qui se passe en moi, il faut que vous ayez le courage d'entendre toute ma confession. Aussi bien, depuis que je vous ai revue, je sens mieux l'impossibilité d'avoir un secret pour vous. Pendant que vous étiez à Nice, j'ai été entraîné, séduit, par une femme dont j'étais loin de prévoir les dispositions trop bienveillantes. Il paraît qu'autrefois, très en l'air, je lui avais témoigné quelques assiduités ; elle s'en est souvenue, et le hasard, au bal...

— Madame Ohlan ? demanda la comtesse.

— Elle-même.

— Continuez.

— Bref, j'ai été subjugué, et prenant sottement la chaleur des sens pour l'irrésistible entraînement de l'amour... je suis devenu son complice. En recevant votre lettre, qui demandait une réponse franche, j'ai interrogé mon cœur, et j'ai compris que votre image, sans l'avoir déserté, n'y avait été qu'obscurcie par cette rivalité indigne de vous. Il a suffi d'un moment pour éteindre tout souvenir de ce qui n'est pas vous. Maintenant, Adeline, que vous savez mes torts, serez-vous assez généreuse pour les oublier, en me pardonnant?

La comtesse l'avait écouté, en proie à une émotion terrible. De pâle elle était devenue blême, et un frisson nerveux agitait tout son corps. Elle voulut parler, mais sa langue se refusa à articuler aucun son. Le souvenir de sir Murray, *subissant* (c'est le mot dont il s'était servi) l'amour de la marquise Farghési, lui traversa la tête, et quoique le rapprochement fût aussi lointain que possible, ce souvenir indigna sa fierté. Ne pouvant dire à M. de Blankenheim de s'éloigner, puisque sa langue paralysée refusait de la servir, elle se leva, ne

voulant pas rester si près de lui. Paul, la voyant
chanceler, voulut la soutenir, mais la comtesse,
d'un geste superbe, croisa ses bras sur sa poitrine, et recula d'un pas pour éviter son contact.
Elle gagna lentement un fauteuil placé devant la
cheminée où flambait un grand feu.

M. de Blankenheim resta cloué à sa place, un
genou en terre, glacé d'étonnement, et comprenant
à peine l'imprudence qu'il venait de commettre.

Dix minutes se passèrent dans un silence pénible. Enfin, la chaleur du foyer ayant calmé la
crise nerveuse qu'elle venait de subir, la comtesse,
s'adressant à Paul, à qui elle fit signe de venir
s'asseoir près d'elle :

— Je ne vous peindrai point, lui dit-elle, des
sentiments qui vous sont étrangers. Vous aimez
au jour le jour, sans espérer dans l'avenir et sans
respecter le passé. Chacun sa méthode. Mais entre
la vôtre et la mienne, il y a un abîme, et il ne
m'est malheureusement donné ni de le combler,
ni de le franchir. Je vous ai beaucoup aimé, trop,
sans doute, car vous ne m'avez pas comprise ; en
retour, vous m'avez si profondément blessée, que je

ne puis ni m'en relever, ni guérir. Pourquoi avoir
déshonoré dans mon cœur le souvenir d'un amour
si cher? Tenez, si une comparaison peut expliquer
ma manière d'être, supposez un sculpteur qui aurait consacré ses jours et ses nuits à un travail qui
sera sa gloire; sa statue est faite, le marbre respire,
la pensée brille dans l'œil intelligent; encore un
peu, et ce sera un chef-d'œuvre; un dernier effort,
et l'artiste enivré va croire possible le miracle de
Pygmalion!... Mais sous cet effort maladroit, la
statue est tombée de son socle, et le sculpteur
éperdu, les pieds sur les débris de marbre, voit sa
pensée, son rêve, sa gloire, anéantis et brisés.
Mon amour était une croyance, vous m'avez enlevé
la foi. Dieu me garde de rapetisser, par une ré-
conciliation vulgaire, un sentiment comme celui-là,
et dont il ne resterait bientôt plus que ce que vous
avez jusqu'ici cherché et rencontré dans vos bonnes fortunes de hasard! Point d'illusions impru-
dentes! Je perdrais par degrés dans votre opinion
ce que vous venez de perdre d'un coup dans la
mienne; le plus noble cœur porte en lui des ger-
mes fâcheux qu'il suffit d'un accident pour déve-

lopper, et je me défie de moi-même. Je ne crois
pas à votre rupture avec madame Ohlan. On me l'a
dépeinte fort adroite ; elle vous a dompté, elle con-
tinuera de vous asservir. Vous en ferez l'expérience.

— Maintenant, monsieur, reprenez votre liberté ;
je vous la rends sans condition, et presque sans reproche.

La comtesse se tut. Paul sentait la terre se dérober sous ses pieds. Se croyant la proie d'un mauvais songe, il s'en prenait à ses yeux et à ses oreilles
de mal voir et de mal entendre ; mais il fallut bien
se rendre à l'évidence. Revenu à lui, il se répandit
en protestations et en serments : il pria, pleura,
supplia ; — peine perdue ! La comtesse, immobile
et froide, ne répondit pas une parole, et bientôt,
voulant sans doute se soustraire à une obsession
fatigante, elle se leva, et sans lui tendre seulement
la main, le salua d'un geste qui n'admettait ni
équivoque, ni réplique. Il sortit, moitié fou, moitié
furieux, maugréant avec colère, se disant qu'une intrigue avec ces femmes du monde, à prétention et à
piédestal, ne rapportait que de l'irritation et de l'ennui, et qu'il y renonçait de bon cœur et à tout jamais.

Dans la nuit, la comtesse de Lansac, trop cruellement éprouvée par cette scène douloureuse, prit la fièvre. Le médecin qui lui donna des soins fut effrayé du ravage exercé en si peu d'heures sur cette organisation délicate et nerveuse. Il désespéra d'elle un instant; mais enfin son âge et son énergie la sauvèrent.

Dès qu'elle fut assez forte pour supporter la voiture, elle fixa le jour de son départ pour Paris : ce jour-là, on lui remit un billet de M. de Blankenheim.

« Vous partez, je ne vous reverrai plus sans
» doute; et depuis cette confidence fatale qui a
» amené notre rupture, je sens, pour le malheur
» de toute ma vie, combien je vous ai aimée et
» combien je vous aime. Est-il jamais trop tard
» pour revenir sur une résolution comme la vôtre?
» Mais c'est à peine si je garde un lambeau d'es-
» pérance. Dans tous les cas, pardonnez-moi, plai-
» gnez-moi, et que Dieu vous protége !

                    » PAUL DE BLANKENHEIM.»

Adeline ne répondit rien. Peinée de se voir si peu comprise par l'homme qu'elle avait aimé, elle interpréta par le mot « comédie » cette persistance à vouloir l'abuser sur des sentiments impossibles, et quitta Vérone, le cœur navré d'emporter une fâcheuse impression comme dernier souvenir d'un amour qui aurait pu être si grand et si noble.

Mais ils s'étaient trompés tous les deux. Paul de Blankenheim, dans cette femme à la fois sentimentale et brillante, n'avait deviné que la coquette, et n'avait rien cherché au delà; madame de Lansac, dans ce beau cavalier bien disant, avait cru rencontrer un homme, et n'avait trouvé qu'un soldat.

Cinq mois après, à Paris, madame la comtesse de Lansac donnait sa dernière fête de la saison. Il lui avait suffi de reparaître pour reconquérir son sceptre de femme à la mode, et le meilleur monde emplissait les salons et la galerie. Une invitation chez la comtesse était devenue une faveur qu'il fallait briguer et mériter, et l'extrême réserve qui présidait à ses choix en faisait l'objet de bien des désirs secrets et de bien des ambitions déçues. Il suffisait presque d'avoir été reçu chez elle pour avoir ses lettres de naturalisation dans le grand faubourg.

C'était étincelant. Pas une ambassade qui n'eût là quelque représentant choisi. Les plaques et les grands cordons foisonnaient comme à une récep-

tion officielle. Les plus ravissantes toilettes ser-
vaient de cadre et d'enveloppe à des femmes plus
ravissantes encore; et parmi les plus belles, la
plus belle peut-être, malgré ses trente ans, ou à
cause d'eux, car c'est véritablement l'âge de l'épa-
nouissement chez les femmes, et la plus entourée
à coup sûr, autant à cause de sa grâce et de son
esprit, qu'à cause de son rôle de maîtresse de maison; c'était la comtesse Adeline, qui, toujours suivie de son cortége d'attentifs, faisait les honneurs
de chez elle avec une mesure et un tact très-re-
marqués et très-appréciés.

Comme elle était dans un coin du salon, causant
avec un groupe d'intimes, parmi lesquels nous retrouvons le comte de Lansberg et le bon chevalier
Forcy, le duc Berghoën, internonce, qui était venu
passer à Paris les derniers jours du carême, vint
saluer la comtesse, suivi d'un nouvel arrivant.

—Permettez-moi, madame, lui dit-il, une présentation un peu contre les règles; mais M. de
Blankenheim a déjà, je crois, l'honneur d'être
connu de vous.

Une imperceptible rougeur passa sur le front de

la comtesse, qui se leva, et dissimulant son trouble sous une révérence affectée, répondit doucement :

— J'ai eu, en effet, l'occasion de rencontrer monsieur cet été à Côme, où nous étions très-voisins, et où l'on parlait beaucoup de lui à propos de chevaux et de courses.

— Oh ! dit l'internonce, c'est un de nos écuyers les plus heureux et les plus intrépides. Pas un de ses chevaux qui ne soit inscrit au livre d'or du stud-book.

La comtesse se rassit, et reprenant sa conversation avec ses intimes, ne laissa pas à M. de Blankenheim l'occasion de placer un mot. En vain, pendant toute la nuit, errant autour du groupe dont elle était le centre, essaya-t-il de lui parler ou de surprendre un regard. Elle fut inabordable ; elle fut de marbre.

Le duc passa à son tour, elle lui fit signe d'approcher.

— Une autre fois, monsieur l'internonce, lui dit-elle, prévenez-moi donc d'avance de l'honneur que vous voudrez me faire en amenant chez moi de vos officiers autrichiens.

— Ah çà mais, alla dire le duc à M. de Blan-

kenheim, vous m'avez fait commettre une maladresse, mon cher. A l'avenir, ne comptez plus sur
moi pour vous amener ici.

Le lendemain, comme la comtesse, se prépa-
rant à peindre, délayait des couleurs d'aquarelle
dans de petits godets de porcelaine, le baron se fit
annoncer. « Il est là, dans l'antichambre, » ajouta
le domestique.

—Priez M. de Blankenheim, répondit-elle sans
lever seulement les yeux, de vouloir bien excuser
l'impossibilité où je suis de le recevoir. Je suis trop
occupée.

Paul ne se tint pas pour battu. Se faisant pré-
senter partout, il eut souvent l'occasion de revoir la
comtesse, mais jamais celle de pouvoir lui dire un
seul mot. Profitant avec une adresse cruelle de l'en-
tourage toujours assidu qui fait cortége à une femme
à la mode, elle ne souscrivit jamais, ne fût-ce que
pour une minute, aux muettes supplications de
son regard et de son geste. Enfin, il la trouva
seule, à l'ambassade d'Angleterre, au moment où
elle se débarrassait de sa pelisse entre les mains
de son valet de pied.

— Madame! lui dit-il, si ému, qu'il ne put continuer sa phrase.

— Monsieur? répondit la comtesse d'un ton aisé et interrogatif.

— C'est vrai, j'ai eu tort, j'ai été fou, j'ai été dupe; mais n'ai-je point assez expié cet instant de folie et de sottise? Autrefois si aimante, et maintenant si froide! autrefois si près, et maintenant si loin! Je suis venu à Paris pour vous voir, je n'y reste que pour trouver l'occasion de vous demander pardon à genoux...

— Un seul mot, monsieur de Blankenheim. Je vous demande pardon moi-même si je vous interromps, mais la conversation me semble s'engager sur un terrain où je ne pourrais pas la suivre. Vous retardez de six mois, monsieur, et les sentiments auxquels vous faites allusion sont un peu comme les almanachs : ils se suivent, mais ils ne se recommencent jamais.

Là-dessus, la comtesse se fit annoncer.

Pour cette fois, le capitaine comprit qu'il n'avait plus autre chose à faire que de repartir pour Vienne.

— Eh bien? demanda à Adeline le chevalier
Forcy, qui, voyant entrer derrière la comtesse
M. de Blankenheim pâle et l'air désespéré, avait
presque deviné leur court dialogue.

— Eh bien! mon cher chevalier, ce beau capitaine est fou d'amour, précisément à cause que
je ne veux plus entendre parler de lui. Que je des-
cende pour lui de mon piédestal, et c'est lui, au bout
de quelques jours, qui me ferait souffrir. Très-déci-
dément, l'amour est l'association de deux êtres au
bénéfice d'un seul. On ne m'y prendra plus. C'est
déjà trop d'une expérience.

— Misère humaine! répondit sentencieusement
le vieux chevalier.

— Et au fait, reprit Adeline, c'est fort bien imaginé. Avec les bonheurs d'un amour réciproque et
constant, notre terre deviendrait si belle, que, pour
venir chez nous, le bon Dieu verrait bientôt les sé-
raphins déserter son ciel.

— Amen! répondit le chevalier. Je crois, ma
belle comtesse, que vous avez raison.

FIN.

PARIS. — TYP. DONDEY-DUPRÉ, RUE SAINT-LOUIS, 46.